Silvia Anni Pfeiffer-Kuebart

AF284538

Von Träumen und Verzweiflung, von Liebe und Leiden

Die Seele bleibt einsam, bis sie gesehen wird

Retro-Kurzgeschichten aus den 1970er Jahren

Meinem Spätzchen

und

denen, die mich lehrten!

© Silvia Pfeiffer-Kuebart

Text und Layout: Silvia Pfeiffer-Kuebart

Illustration und Coverbild Silvia Pfeiffer-Kuebart

Herstellung und Verlag: BoD – Books on Demand, Norderstedt

Bibliografische Information der Deutschen Nationalbibliothek: Die Deutsche Nationalbibliothek verzeichnet diese Publikation in der Deutschen Nationalbibliografie; detaillierte bibliografische Daten sind im Internet über dnb.dnb.de abrufbar.

ISBN: 9 783756-204069

Inhalt

Vorwort

„Man kann Menschen nicht hinter die Stirn sehen",
pflegte mein Vater zu sagen. Das ist wohl so, aber
oftmals kann man ihnen ins Herz schauen, wenn man
anfängt, die Welt mit dem Herzen zu betrachten.

Jeder Mensch hat sein Schicksal, seine Geschichte.
Jeder Mensch erlebt Freuden und Leiden, Glück und
Trauer. Vielfach wird kein Anteil genommen an den
Emotionen der anderen, die Gründe sind vielfältig.
Man nimmt sich keine Zeit, ist unsicher und
unbeholfen, hat mit sich selbst genug zu tun.

Mich haben schon als sehr junges Mädchen diese so
vielfältigen Schicksale beschäftigt. In einem
Hochhausviertel in Berlin groß geworden träumte ich
mich oft in die anderen Wohnungen hinein.
Faszinierend fand ich Spaziergänge am Abend, wenn
die Fenster dieser Wohnungen hell erleuchtet waren.
Die Vorstellung, dass sich hinter jedem Fenster ein
anderer Kosmos befand, denn jeder Mensch ist
umgeben von seinem ureigenen Kosmos, fand ich
überaus faszinierend. Ich fing an, diese Geschichten zu
schreiben. Um einige Dinge nicht falsch zu verstehen
ist es wichtig zu bedenken: Sie stammen aus der Zeit
zwischen 1976 und 1978.

Die Masken, von mir fotografiert und formatiert,
dienen der kurzen Unterbrechung zwischen den
Geschichten. Das Motiv ist nicht zufällig gewählt!

Die Verabredung

Sie saßen sich in einem etwas schummerigen, stark nach Essen vom Vortag und abgestandenem Rauch riechenden Café in Berlin Charlottenburg gegenüber.

Eine Serviererin mit einem viel zu kurzem Rock und stark geschminktem Gesicht trat zu ihnen an den Tisch und fragte, Kaugummi kauend mit unbeteiligtem und gleichgültigem Gesichtsausdruck, nach ihren Wünschen. Die beiden sahen sich fragend an, zuckten dann mit ihren Schultern, hoben den Kopf, um ihr zu antworten, doch die Serviererin war schon zu einem anderen Tisch gegangen.

Der Mann betrachtete die Frau, die ihm vis-à-vis saß mit leicht zusammengekniffenen Augen und unbeweglicher Miene. Sie hatte sich sehr verändert, wirklich sehr! Ihr Gesicht hatte die kindlichen Rundungen völlig verloren, ihre Augen waren ernst und etwas trübe geworden und ihr Mund, so schien es, hatte das fröhliche Lachen verlernt. Er wusste, dass ihn die maßgebliche Schuld an diesen Veränderungen traf, doch er fand weder Worte der

Entschuldigung noch des Mitgefühls. Immerhin war er hier!

Gestern hatte er einen Brief in einem schmalen, weißen Kuvert erhalten, auf dem kein Absender gestanden hatte, doch er hatte natürlich sofort gewusst, von wem er geschrieben war, denn diese kleinen, verschnörkelten Buchstaben – unzählige Seiten von ihnen hatte er gelesen und korrigiert!

Der Brief hatte die Bitte um diese Verabredung enthalten – ein Déjà-vu von vor 35 Jahren! Damals … ihm entfuhr ein kleines, nervöses Lachen und sie blickte erstaunt und gleichzeitig verstehend auf.

Auch sie dachte in diesem Moment an damals!

Hatte er sich eigentlich verändert? Äußerlich bestimmt. Sie blickte auf seine Hände. Wie hatte sie diese Hände einmal geliebt! Sie waren so stark und so erbarmungslos gewesen und gleichzeitig so zart und liebevoll! Und jetzt? Jetzt waren sie welk – mit Altersflecken übersät und abgemagert und … zitterten sie nicht sogar ein wenig? Sein Bart und sein Haar hatten die Farbe von einem hässlichen Mausgrau angenommen und seine Wangen waren hohl und eingefallen, doch seine Augen … sie seufzte sehnsüchtig auf … diese Augen! – sie waren noch immer dieselben wie damals, ruhelos, stechend, unergründbar aber vor allem von einem so tiefen Blau, dass sie hinein- und nie mehr auftauchen wollte.

Ob ihre Haarfarbe noch echt ist? - überlegte er. Bestimmt getönt. Sie hatte schon damals viel Wert auf ihr Aussehen gelegt und tat es ohne Zweifel noch immer. Als sie kurz aufstand, um die Bedienung noch einmal herbeizuwinken, glitten seine Augen mit einem durchaus wohlwollenden Blick an ihrem Körper hinunter. Ihre Figur war noch tadellos! Schlank und wohl proportioniert! – wie damals.

‚Ob er meine berufliche Karriere verfolgt hat? Ob er all die Bücher und Erzählungen gelesen hat, die ich im Laufe der Jahre geschrieben und von denen ich so viele ihm gewidmet habe?‘ Sie hätte es zu gerne gewusst, doch sie fragte ihn nicht danach, aus Angst vor einer für sie enttäuschenden Antwort.

Die Serviererin von eben trat erneut an ihren Tisch, in den Händen zwei Tassen Kaffee. Sie stellte sie ungeschickt hin, so dass der Kaffee über-schwappte. Beide blickten auf die kleinen Kaffeepfützen auf den Untertassen, dann sahen sie einander an, beide mit einem zaghaften, scheuen Lächeln. ‚Erinnerst du dich?‘ fragten ihre Blicke.

Oh – ja! Sie erinnerten sich, beide! Und ihre Gedanken wanderten zu jenem Morgen zurück, an dem er ihr das erste Mal den Morgenkaffee ans Bett gebracht hatte. Damals war er auch übergeschwappt ...

Nachdenklich rührte sie mit dem kleinen Löffel in ihrem Kaffee, obwohl sich der Zucker schon längst gelöst hatte. Warum? Warum war dieses erste Mal auch das letzte Mal gewesen?

Jetzt, nach 35 Jahren, glaubte sie endlich in der Lage zu sein, die Antwort auf diese Frage zu verkraften. Aber – auch wenn er ihr eine Antwort auf die wichtigste Frage ihres Lebens geben würde – was vermochte sie zu ändern? Ihre Wege würden nie mehr zueinander finden – dazu waren sie beide in zu unterschiedliche Richtungen gegangen, waren beide zu lange allein gewesen, hatten sich beide unendlich weit auseinandergelebt. Und – wollte sie diese Antwort wirklich noch? Vorgestern, als sie ihm die Einladung zu diesem Treffen geschrieben hatte, ja, da hatte sie sie unbedingt noch gewollt. Aber jetzt, wo er ihr vis-à-vis saß?

Auch er dachte an diese Frage. Warum war es bei dieser einen Nacht geblieben? Was war mit ihnen beiden damals passiert. Ihm war in dem Moment, als er ihre Einladung gelesen hatte, klar gewesen, dass diese Frage der Grund für dieses Wiedersehen war. Warum stellte sie ihm diese Frage jetzt also nicht? Aber – würde er ihr denn überhaupt antworten können? Damals – ja, da hatte er die Antwort ganz genau gekannt! Vor 35 Jahren – da hätte er ihr sagen können, wie wichtig Freiheit für ihn sei, und Ungebundenheit! ‚Außer Freiheit hat ein Mensch nichts zu verlieren!' – sein Credo, damals! Vor 35 Jahren! Und er hätte bei dieser Antwort gelacht, o ja! Aber heute? Heute wusste er, dass seine Antwort von damals eine Selbstlüge gewesen ist. Die Freiheit, die er über alles geliebt hatte, war immer nur eine Freiheit von, nie eine Freiheit zu gewesen. Und darum war er heute allein, mehr noch - einsam!

Sie tranken beide schweigend ihren Kaffee. Sie redeten nicht, denn es gab nichts zu bereden. Jedes Wort hätte doch nur geschmerzt, sie genau wie ihn!

Schweigend trafen sich noch einmal ihre Blicke, traurig, aber verstehend, unglücklich, aber noch immer liebevoll.

Dann setzte er seine Brille auf, die er neben sich auf den Tisch gelegt hatte und sie wusste, dass es das Zeichen seines Aufbruchs war.

Sie ließ ihn gehen .... er ließ sie sitzen! Genau wie damals!

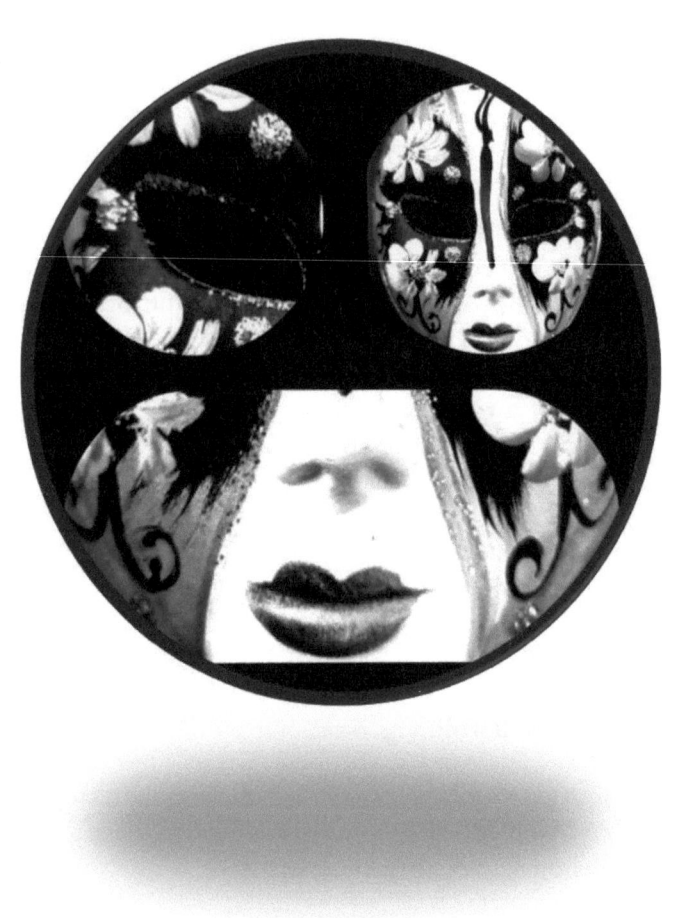

Gedanken auf dem Hausflur

Sehr langsam, Stufe für Stufe, steigt die alte Frau die Treppen zu ihrem Einzimmerapartment empor. Es liegt im 5. Stock eines großen neuen Hauses im Märkischen Viertel. Mitten auf der Treppe hält sie auf einmal inne, um ein klein wenig zu verschnaufen. Das Herz ....

Normalerweise fährt sie mit dem Fahrstuhl, doch heute ist er außer Betrieb. Sie steigt weiter, Stufe für Stufe. Zwei junge Menschen, ein Mann und eine Frau, denen sie noch nie begegnet ist kommen ihr entgegen. Sie sind so in ein Gespräch vertieft, dass sie noch nicht einmal die Zeit zu einem kurzen Gruß finden.

Die alte Frau lächelt traurig vor sich hin, während sie aus einer schwarz grau gemusterten Einkaufstasche die Hausschlüssel heraussucht und ihre Wohnungstür aufschließt. Ehe Sie eintritt, schaut sie sich seufzend um und betrachtet versonnen die große, etwas im Halbdunkel liegende Etage, auf der sich neben ihrer noch fünf weitere Wohnungen befinden.

Da drüben, zu Ihrer linken Seite, da wohnt eine große Familie mit mehreren Kindern. Wie viele es sind, weiß sie gar nicht so genau, denn einige sind wohl schon erwachsen, im Studium oder in der Ausbildung und kommen nur noch sporadisch.

13

Und gleich daneben lebt ein junger Mann, der aber selten zu Hause ist. Vielleicht ist er auf Montage oder Fernfahrer oder etwas ähnliches.

Zwischen dieser Wohnung und ihrer eigenen befindet sich ebenfalls ein Einzimmerapartment. Früher hatte dort eine nette Frau ihres Alters gewohnt. Sie hatten sich öfters besucht, um sich bei Kaffee und Kuchen ein bisschen zu unterhalten. Doch schon ein Vierteljahr, nachdem sie eingezogen war, verstarb sie. Der Arzt hatte gesagt: „Altersschwäche!" Der alten Frau entfährt ein kleines höhnisches Lachen. Es war bestimmt nicht Altersschwäche gewesen, sondern die Sehnsucht nach der ‚guten alten Zeit' und ihrem früheren Zuhause, einer großen geräumigen Altbauwohnung mitten in der Stadt. Jedes Mal, wenn sie zusammengesessen hatten, hatte sie ihr mit Tränen in den Augen davon erzählt: von der großen, beinahe schon zu großen Küche, vom Kamin, der so wohlige Wärme verbreitet hatte und von dem hellen, reich verzierten Schlafzimmer, in welchem sie alle Ihre Kinder zur Welt gebracht und die glücklichsten aber auch die betrüblichsten Augenblicke ihres Lebens erlebt hatte. Wie gerne hatte sie von ihren früheren Nachbarn erzählt. Alle hatten sich untereinander gekannt! Man hatte so viel miteinander geredet, geklatscht und getratscht - und wenn es auch manchmal Gezänk und böses Blut gegeben hatte - letztlich waren sie doch alle ehrlich und aufrichtig gewesen und hatten einander geholfen, wenn Not am Mann war. Doch hier ... hier hatte sie sich nie zu Hause gefühlt, nie richtig eingelebt. Deswegen war sie gestorben - ganz sicher! Nun wohnt ein Mann in dieser Wohnung, den sie aber nur vom Sehen kennt.

Die alte Frau bekommt einen Gesichtsausdruck, in welchem ganz deutlich ein tiefer Hass zu lesen ist, Hass gegen dieses große neue Haus.

Sie wendet ihren Kopf der nächsten Tür zu. Auch diese verbirgt ein beinahe alltägliches Schicksal: vor kurzem hatte man aus dieser Wohnung noch das warme Lachen einer kleinen, jungen Frau hören können. Aber das Lachen war immer seltener geworden, bis es dann ganz verstummte; und eines Tages hatte man den jungen Ehemann mit einer schwarzen Armbinde gesehen. Seine junge Frau war aus dem Fenster gesprungen und hatte so ihrem Leben selbst ein Ende gesetzt. Die Gründe dafür waren der alten Frau nicht bekannt. Vielleicht hatte auch sie sich einsam gefühlt und in dieser grauen Monotonie aus Stein und Beton keinen Grund zum Weiterleben gesehen, genau wie die alte Frau selbst. Doch sie, durch ihr Alter und viele trübe Erfahrungen widerstandsfähig geworden, hatte sich damit abgefunden.

Von der letzten Wohnung, zu der ihre Augen langsam gleiten, weiß sie fast gar nichts. Sie kennt nicht einmal die Mieter, die noch nicht lange hier wohnen, sieht dort nur viele Menschen täglich ein und ausgehen.

Doch plötzlich öffnet sich diese Tür und heraus stolpert ein kleines Mädchen, vielleicht drei oder vier Jahre alt. Ihr dunkelrotes Haar kringelt sich zu lauter kleinen Löckchen. Als die Kleine die Alte bemerkt, bleibt sie zuerst ganz verschüchtert stehen, doch dann neigt sie ihr Köpfchen zur Seite und lacht die alte Frau mit strahlenden Augen an - und ihr silberhelles Lachen durchdringt diesen grauen und öden Hausflur wie ein kleiner Sonnenstrahl und die alte Frau betritt ein wenig glücklicher ihre Wohnung.

Am Ziel

Nie wieder – denkt sie! Nie wieder w i l l – nie wieder w e r d e ich mich verlieben – komme was da wolle! Nie wieder!

Sie hatte die letzten Jahre gelitten wie eine Hündin, unfähig, sich auf eine neue Beziehung einzulassen, unfähig, das Leben zu genießen. Stets war ER in ihren Gedanken – ihre erste, ihre große Liebe. Sein Bild auf ihrem Schreibtisch – sein Bild an der Wand überm Bett. Tausendmal am Tag er in ihren Gedanken. Wie kann man sich so aufgeben – wie kann man sich und sein Lebensglück nur so von jemand anderem abhängig machen.

Vier Monate waren sie glücklich gewesen, also zumindest dachte sie es. Vier Monate innige Momente, liebevolle Telefonate, erfüllender Sex. Vier Monate offene Gespräche, ehrliche Gefühle! Dann der Bruch – von einem Tag auf den anderen. Aus – vorbei!

Und seitdem – Hoffnungslosigkeit auf ganzer Ebene. Sie hatte alles, wirklich alles versucht, um die Beziehung wieder zu aktivieren. Hatte jede Möglichkeit genutzt, um ihn zu sehen. Hatte gebettelt, geweint, ihm die fantasievollsten

Versprechungen gemacht. Nichts hatte geholfen. Sie hatte tatsächlich ihre Wohnung gewechselt und war an eine Straße gezogen, wo er regelmäßig morgens und abends zur Arbeit vorbeifuhr. So erhaschte sie wenigstens ab und an einen Blick auf ihn. Wie erbarmungswürdig. Wie unglaublich erniedrigend. Als Anwältin fiel es ihr in dieser Zeit beruflich sehr schwer, sich zu konzentrieren. Nur unter großen Mühen konnte sie ihre Aufgaben erledigen und hin und wieder, wenn sie sich zu schlecht fühlte, musste sie sich krankmelden. Ihre beste Freundin Ute hatte in dieser Zeit viel getan, um sie abzulenken, um sie auf andere Gedanken zu bringen: Regelmäßige Telefonate, ein Urlaub in London, einer in Paris! Rom und die Toskana! Nett von ihr! Sie war ihr dankbar gewesen – doch genützt hatten all diese Bemühungen nur wenig! Immerhin – sie hatte wirklich über all die Jahre hinweg mit ihr reden können – immer und immer wieder! Auch wenn sie an Utes Antworten und Reaktionen hatte absehen können, dass ihr das Verständnis für ihre unglückselige Lage fehlte – sie hatte ihr nie das Ohr verweigert. Und das rechnete sie ihr überaus hoch an.

Nach mehr als drei Jahren der Tränen und des Unglücks, als sie wieder einmal ein Wochenende allein mit drei Flaschen Wein als Begleitung verbracht hatte, schaffte sie es einzusehen, dass das Warten auf ihn, Warten darauf, dass mit ihm das Glück für sie doch noch einmal wieder beginnen könne, vergeblich war und bleiben würde und für sie in einer Katastrophe endete, würde sie nichts ändern und es reifte in ihr – endlich – der Entschluss, dass sie sich selbst aus dem Morast dieser unglücklichen Liebe ziehen müsse, wolle sie nicht ihr ganzes Leben ruinieren. Und das bedeutete: Weg aus dieser Straße, weg aus seiner Nähe, weg aus Berlin, seiner Stadt! Ein echter Neuanfang!

Woher sie die Kraft nehmen wollte und dann tatsächlich auch nahm, um ihn zu schaffen – sie hatte keine Ahnung, aber sie schaffte es! Ihre Kanzlei hatte eine Niederlassung in Hamburg und der räumliche Abstand half ihr tatsächlich auch den nötigen Abstand für ihr Herz zu gewinnen.

Dann, ein Jahr danach, bot sich ihr eine neue, berufliche Gelegenheit in Düsseldorf. Dieses Mal eine neue Kanzlei, mit Menschen, die die Jahre ihrer Selbstaufgabe nicht miterlebt hatten. Das war die Chance! Ein endgültiger Bruch mit allem, was sie an das Vorher noch erinnern konnte. Gut so! Sie hatte Glück und fand schnell eine kleine, sehr gemütliche und elegante Wohnung. Der kleine Vorort, in dem sie lag, war überschaubar und die Herzlichkeit der Rheinländer erleichterte ihr das Einleben.

Nach einem Monat nun fühlt sie sich angekommen, hat sich tatsächlich eingelebt und endlich, nach jahrelanger emotionsmäßiger Abhängigkeit das Gefühl, dass sie wieder ihr eigener Herr, besser gesagt, ihre eigene Frau ist. Sie verspürt endlich wieder ungestüme Freude am Leben! Sie springt auf dem Weg zur Arbeit über eine Pfütze und lacht! Wie schön das Leben doch ist! Morgen, am Samstag, wird sie einkaufen gehen, mit ganzer Freude shoppen. Düsseldorf ist einfach perfekt dafür! Die letzten Jahre hatte sie keinen Spaß daran gehabt, sich neue Kleider zu kaufen. Für wen sollte sie sich hübsch machen? Nun aber weiß sie: Für sie selbst! Und das reicht. Nicht für jemand anderen. Nur für sie selbst! Und dann wird sie endlich wieder einmal in Urlaub fahren, dieses Jahr. Allein, ohne Freundin. Weil sie hier, in dieser Stadt, in ihrem neuen Leben, spürt: Sie kann allein sein. Das Alleinsein tut nicht mehr weh! Im Gegenteil. Es tut ihr auf einmal gut.

Sie betritt den großen Gebäudekomplex, in dem ihre Kanzlei residiert, winkt fröhlich dem Portier und beeilt sich, den Fahrstuhl, dessen Tür gerade zugehen will, noch zu erwischen. Eine Hand von innen hindert die Tür daran, sich endgültig zu schließen. Wie gut. Da hat jemand aufgepasst, mitgedacht und richtig reagiert. Sie tritt in den Fahrstuhl und wird mit einem Mal kreidebleich. Ihr Puls fängt an in den Ohren zu rasen, ihr wird heiß und doch zittert sie. Sie ringt nach Luft und unter ihren Füßen tut sich ein unendlicher Abgrund auf. Von allen Menschen in dieser Stadt, in diesem Land, muss ausgerechnet er es sein, der ihr in genau dieser zehntel Sekunde die Fahrstuhltür aufhält. Tränen schießen ihr in die Augen. Es ist ihr egal, dass er ihre Tränen sieht.

Kann es denn wirklich ein Zufall sein, dass er hier ist. Oder kann er es nicht ertragen, dass ihr ihr Leben wieder selbst gehört?

„Was willst du?" stößt sie hervor. „Warum bist du hier?"

„Das ist ganz einfach! Ich habe in den letzten vier vergangenen Jahren eingesehen, dass ich nicht ohne dich leben möchte! Ich brauche dich!"

Ihr wird schwindelig. Ausgerechnet heute. An dem Tag, an dem sie – nach Jahren – endlich wieder unbeschwert und glücklich ist. ‚Jetzt liegt es an dir, das Leben oder das Leiden zu wählen!' schießt es ihr durch den Kopf. Sie atmet tief, der Fahrstuhl hält im 5. Stock.

„Ich bin hier am Ziel!" sagt sie. „Und du nicht. Du fährst wieder hinunter, zur Hölle oder sonst wohin. Du hast in meinem Leben keinen Platz mehr!"

Sie tritt mit wackeligem Schritt aus dem Fahrstuhl. Ihr Herz pocht noch immer rasend, aber der zweite und dritte Schritt, vom Fahrstuhl in Richtung Kanzleitür, werden etwas fester. Und sie schaut sich nicht um!

Hochzeitstag

Nun war es doch so weit gekommen! Ich konnte nichts mehr ändern! Ich, die normalerweise alles managte, es bislang immer geschafft hatte, meinen Willen durchzusetzen, musste, zum Nichtstun verurteilt, tatenlos zusehen, wie er in sein Unglück rannte. Denn das war es doch wohl! Sein Unglück! Diese vorschnelle Heirat mit einer Frau, mit ihren knapp 44 Jahren fast doppelt so alt wie er selbst! Lächerlich! Meine zukünftige Schwiegertochter! – Hatte beinahe mehr Falten im Gesicht als ich! Das war böse von mir! Aber – ... Ich merkte, wie meine Gefühle mit mir durchgingen! Was hatte ich verkehrt gemacht – wann den Einfluss auf ihn so gänzlich verloren?

In einer Stunde sollte ich auf dem Standesamt sein – aber ich saß, noch immer im Bademantel, im Schlafzimmer vor dem Spiegel, außerstande mich zurechtzumachen. Wie versteinert. Er war doch mein Junge – mein ein und alles! Mein Lebenszweck und Lebenssinn. Ihm galt mein erster Gedanke am Morgen und mein letzter vor dem Einschlafen. Er war mein Baby – auch nach einem Vierteljahrhundert! Mein Kleiner! Als Kinderärztin konnte ich natürlich genau reflektieren, was mit mir momentan geschah – schon die Wochen vorher geschehen war: Ich hatte Probleme mit dem Loslassen. Ich wollte nicht, dass mein Sohn sich von mir löst. Bewusst hatte ich das auch niemals verhindert, denke ich jedenfalls. Als allein-erziehende Mutter war eine übermäßige Bindung zum einzigen Sohn immer eine große Gefahr gewe-sen, der ich mir bewusst war und noch immer bin. Natürlich hatte ich ihm sein ‚eigenes Revier‘ gelassen, natürlich hatte ich mich nicht in alles eingemischt – obwohl ... hm, na ja! Als er mit sechzehn seine erste Freundin hatte und die Wochenenden lieber mit ihr als mit mir verbrachte, musste ich schon einschreiten. Ich hatte danach meine Strategie gewechselt – insgeheim natürlich. Hatte mich unentbehrlich gemacht, ihn noch stärker verwöhnt, ihn in mein Leben einbezogen, mit ihm meine Probleme besprochen, auf seinen Rat gehört, ihn mit zu meinen beruflichen Veran-staltungen genommen. All das hatte ihm geschmeichelt – mit sechzehn Jahren schon ganz erwachsen zu sein! Und finanziell hatte ich ihn monatlich sehr gut ausgestattet, allerdings natürlich immer mit dem ein oder anderen subti-len Hinweis, dass er mir dafür Dankbarkeit schulde. Und als er dann vor einem Jahr sein zweites Studium startete und mir klar war, dass zumindest die finanzielle Abhängigkeit noch lange andauern würde, war ich ganz zufrieden gewesen. Hatte doch ärgste

Befürchtungen gehabt, er müsse beruflich bedingt bald von zuhause ausziehen. Mit seinem neuen Studium schien sich das hinzuziehen und gab mir Aufschub. Und dann, plötzlich vor acht Wochen, war SIE in sein Leben getreten. Von Kopf bis Fuß ein Skandal – anders kann ich es nicht nennen. Powerfrau, selbstständig, natürlich geschieden, drei halbwüchsige Kinder, und jetzt hatte sie sich mein einziges geangelt. Niemals – niemals würde diese Beziehung gut gehen – niemals, niemals würde mein Kleiner glücklich werden, jedenfalls nicht auf Dauer.

Ich starrte noch immer in den Spiegel vor mir. Wenn ich jetzt nicht langsam anfing, mich anzuziehen und fertig zu machen, würde ich es nicht mehr rechtzeitig schaffen. Vielleicht wäre es besser – vielleicht sollte ich ihn anrufen und mich mit Migräne abmelden. Oder aber ich rufe nicht an und lege mich mit einer Flasche Rotwein ins Bett.

Ist es verwerflich, wenn man sein Kind nicht mit einer anderen Person teilen will? Ich meine, alle Theorien der Erziehung und Pädagogik hin oder her – Mutter ist und bleibt Mutter – Sohn bleibt auf ewig Sohn! Mit dem Moment, mit dem man Mutter wird, ändert sich für einen selbst die Welt und wird nie wieder so, wie sie vorher einmal war. Die Verantwortung, die man bekommt, die Fürsorge, die man spürt, die Gefühle, von denen man vorher gar nicht wusste, dass sie existieren – all das ist doch nichts Verbotenes – nichts Verwerfliches.

Wenn ich mich jetzt nicht beeile, dann ...

Ja, was dann? Was wird passieren, wenn ich mich gleich nicht, wie vereinbart, hinter ihn stellen werde bei der wichtigsten Frage seines bisherigen Lebens: ‚Alexander Grüntal, ist es dein freier und fester Wille mit Corinna Fischer, geb. Wirtz, die Ehe einzugehen, so antworte bitte mit Ja!‘ Werde ich das Band zwischen uns dann für immer zerschneiden? Werde ich ihn dann endgültig verlieren?

Ich hatte das Gefühl, wie versteinert zu sein. Jetzt aufstehen, das Kleid überzustreifen, mich zu kämmen, zu schminken – alles schien mir mit einem so großen Kraftaufwand verbunden, den ich momentan nicht aufbringen konnte. Oder wollte ich nur nicht?

Immerhin schaffte ich es zum Kühlschrank in die Küche. Ich hatte noch eine offene Champagnerflasche, von gestern Abend, als unsere Nachbarn mit einem Geschenk für Alex vorbeigekommen waren. Ich goss mir ein Glas ein und suchte in der Anrichte nach Zigaretten. Ich rauchte schon lange nicht mehr, aber jetzt verspürte ich unsäglichen

Drang danach. Für ein paar Augenblicke konnte ich mich festhalten, an Glas und Zigarette.

Also jetzt wurde es aber höchste Zeit! Jetzt brauchte ich bloß in der Stadt keinen Parkplatz zu finden, und ich würde schon nicht mehr pünktlich sein.

Das Telefon klingelte! Vielleicht führte es eine Entscheidung herbei. Vielleicht würde ich jetzt zu einem Notfall gerufen, dann könnte ich getrost und mit einer glaubwürdigen Entschuldigung fehlen.

„Bist du noch nicht unterwegs, Mami?"

„Hm, nein, also, ich, ich bin aufgehalten worden!"

„Ach Mami! Das glaube ich dir nicht. Du weißt schon, dass du mir wichtig bist und du Dabeisein musst. Also los, leg einen Zahn zu." Er hatte aufgelegt, bevor ich antworten konnte. Ich kam mir unglaublich ertappt vor! Vielleicht war er ja doch nicht mehr so klein, wie ich ihn in meinen Gedanken stets machte. Vielleicht war aus meinem Jungen ja tatsächlich längst ein Mann geworden – der heute der Mann einer – seiner! Frau werden wollte.

Ich drückte die Zigarette aus und stellte das leergetrunkene Glas beiseite. Na gut! Ich würde mich beeilen.

Eisige Leere

Durch die nächtliche Stille hallten meine Schritte mit leisem Echo auf der menschenleeren, nur von wenigen Laternen spärlich erleuchteten Straße wider. Die Luft war nasskalt und die Bäume, die ihr herbstliches Gewand von bunten Blättern verloren hatten, standen regungslos, riesigen Statuen gleich an beiden Seiten der Allee. Weiß graue Nebelschwaden senkten sich ganz langsam zur Erde und obwohl ich fröstelte, nahm ich diese etwas unheimliche Witterung gar nicht richtig wahr, und die Kälte, die von außen bis auf meine Haut drang, ... nun, ich konnte nicht unterscheiden, ob sie es war, die mich frieren machte oder ob es mein zu Eis gefrorenes Inneres war.

Ich dachte daran, wie ich noch vor kurzem in seinem rasanten Sportwagen gesessen und mich in den weichen, mit dickem Fell überzogenen Sitz gekuschelt hatte. Ich hatte seine Wärme, die er ausstrahlte, seine Ruhe, die mir immer so imponiert hatte, genau gespürt. Wir hatten gescherzt und gelacht und uns über die nebensächlichsten Dinge unterhalten. Er hatte viel erzählt, wie er es eigentlich immer tat, wenn er ein klein wenig getrunken hatte und der Wein, den es an diesem Abend bei Freunden gegeben hatte, war wirklich außerordentlich gut gewesen. Er hatte natürlich trotzdem nicht mehr getrunken, als er es als pflichtbewusster Autofahrer noch verantworten konnte.

Irgendwie hatte ich immer, wenn ich mit ihm zusammen war, das Gefühl gehabt, als würde er in den Momenten, in denen er neben mir war, für mich mit leben, ja beinahe für mich mit atmen und ich nichts anderes zu tun bräuchte, als eben da zu sein. Die Entscheidungen, die er traf, hatte ich immer auch für mich als zutreffend akzeptiert, genauso wie die Meinungen und Ansichten, die er über irgendwelche Dinge hatte, und wenn sich für mich einmal Probleme ergaben, so brauchte ich nur mit ihm darüber zu sprechen und schon hatte es den Anschein, als würden sie sich in Luft auflösen, denn er kannte alles, wusste über alles Bescheid und hatte alles schon einmal erlebt.

Seine so stark ausgeprägte Persönlichkeit und meine bewundernde Anhänglichkeit hatten wunderbar zusammengepasst, doch hatten wir uns nur aus diesem Grunde so gut verstanden, so zusammengehört?

Mir kamen Augenblicke in Erinnerung, in denen nur ein Blick des einen genügt hatte, um den anderen wissen zu lassen, was er denke. Und nun? Nun ging ich allein auf dieser leeren, völlig ausgestorbenen dunklen Straße. Kein Auto, das mir entgegen- oder an mir vorbeifuhr. Kein Fußgänger oder Radfahrer, die ganze Stadt schien tot. Fröstelnd hob ich den Kopf und schaute zum Himmel empor, um nach dem Mond zu sehen, da er nachts für mich, genau wie tagsüber die Sonne, aufgrund seiner Helligkeit ein Symbol der Treue, der Unvergänglichkeit war, doch ich konnte ihn nicht sehen. Die Nebelschwaden nahmen mir die Sicht.

Trotz der unangenehmen klammen Kälte ging ich nur sehr langsam weiter, denn ich hatte Angst vor meinem so gemütlich eingerichteten Zimmer, in welchem ich in Zukunft noch ein klein wenig einsamer sein würde.

Meine Gedanken wanderten wieder zurück zu den Augenblicken, kurz bevor ich aus seinem Auto gestiegen war:

„Sag mal, Marion, was hältst du eigentlich von der Ehe? Als Institution und so überhaupt?"

„Ehe?" hatte ich fragend geantwortet und mein Herz hatte auf einmal um ein Vielfaches schneller und lauter geschlagen in hoffnungsvoller Erwartung dessen, was jetzt kommen würde.

Wir kannten uns nun über 2 Jahre und doch hatten wir nie auch nicht ein einziges Mal das Thema Liebe angeschnitten, geschweige denn ...., ich lächelte sehnsüchtig. Trotzdem meinte ich irgendwie gespürt zu haben, dass unsere so an sich kameradschaftliche Beziehung mehr war, und als Beweis dafür erinnerte ich mich an so manches zärtliche Lächeln oder an flirtende Worte, liebevolle Gesten und an Sekunden, in denen er mich so gedankenvoll angeschaut hatte - immer dann, wenn er meinte ich bemerkte es nicht! Hatte ich mich denn wirklich so getäuscht? War alles nichts weiter als eine angenehme Illusion gewesen?

Verdammt, warum war mir nur so furchtbar kalt? Ich blieb am ganzen Körper zitternd stehen.

‚Wieso falle ich nicht einfach um, werde ohnmächtig? Warum schreie ich nicht?' – Doch mein Körper war keiner Reaktion auf meine inneren Schmerzen, meine Leiden fähig, und ich setzte mich wieder mechanisch in Bewegung.

‚Marion' sagte ich laut zu mir selbst, ‚hörst du – Marion! – es ist nichts geschehen, nichts!' doch war es tatsächlich meine Stimme, die diese Worte sprach. Ich konnte es nicht glauben, denn diese Stimme, zwar aus meinem Mund kommend, war so befremdend monoton, so leblos und von solch erschreckender Teilnahmslosigkeit, dass ich abermals stehen blieb.

‚Aber – du hast ihn doch geliebt!‘ bäumte sich mein Innerstes gegen die eben von diesem leblosen Teil in mir gesprochenen Worte auf.

‚Wirklich, bist du dir ganz sicher? War es nicht vielleicht nur die Art, wie er lebte, die dich fasziniert hat? Und war es nicht vielleicht dein Stolz, dein verdammt egoistischer, alles vernichtender Stolz, der diesen so unnahbar wirkenden Mann auftauen – ja gewinnen wollte?‘

Da war sie wieder – meine so typische Logik, mit der ich zu jeder meiner Emotionen auf Distanz gehen konnte, die immer alles ergründen und erklären und verstehen und analysieren wollte und absolut nicht bereit war, an Gefühle, gleich welcher Art, zu glauben.

Aber war es denn tatsächlich Liebe gewesen, die mich zu Jürgen hingezogen hatte?

Liebe – welch überwältigendes, welch ungemein großes Wort. Es gibt wohl kaum einen Menschen, der es jemals richtig versteht und begreift! Aber wie dem auch sei, ich hatte Jürgen zumindest sehr, sehr gern gehabt, ich hatte mir ein gemeinsames Leben hunderte von Malen vorgestellt, ja, mehr noch, ein

Leben ohne ihn war in der letzten Zeit für mich undenkbar geworden. Und nun stand ich hier – in der Kälte – im feuchten Nebel, orientierungslos und versuchte mir einzureden, es sei nichts passiert, mein Leben weiter in Ordnung und nicht völlig aus den Fugen, weil er heiraten würde! Nicht mich! Eine andere!

Kurz bevor wir uns vorhin getrennt hatten, hatte er mir seinen Hochzeitstermin genannt und mich gebeten, seine Trauzeugin zu sein.

Ich – warum zum Teufel ausgerechnet ich? Was hatte er sich dabei gedacht? Wusste er denn tatsächlich nicht, wie es um mich stand? Welch tiefe Gefühle ich für ihn empfand?

Seine Trauzeugin – niemals! Nein, niemals! Eher würde ich mich ... aber das wäre auch keine Lösung. Mir fiel ein uralter Schlager ein: „Liebeskummer lohnt sich nicht, my Darling...". Ich lachte bitter in die Nacht hinein – lachte und lachte und weinte, weinte! Lohnte sich Liebeskummer wirklich nicht? Wenn nein, warum gab es ihn denn dann?

Irgendwann in dieser Nacht kam ich zuhause an, zuhause ... ich schaute mich in dem Zimmer um, das ich mein Zuhause nannte und ich bekam schon wieder eine Gänsehaut, denn eine unfassbare

Leere hatte sich um mich herum in diesem mir normalerweise so vertrauten Raum verbreitet und jeden Winkel eingenommen, weil er hier nie mehr sein würde. Er hatte mich oft besucht, und wenn er hier war, hatte er sich so wohl gefühlt, war er so selbstverständlich mit allen meinen Gegenständen umgegangen, mit dem Tonbandgerät – meinen Büchern – ja, selbst die Schreibmaschine hatte er benutzt. Wir hatten gemeinsam gegessen, getrunken, geraucht, Musik gehört, geschwiegen. Und jetzt? Jede Ecke, jedes Teil in meinem Zimmer schrie mir entgegen: Du bist allein! Er ist nicht mehr da, nicht mehr da für dich!

Trauzeugin .... ob ihm wirklich daran lag?

Ich zündete mir eine Zigarette an und rauchte so hastig, dass ich furchtbar husten musste.

‚Wenn ich es nicht bin, wird es jemand anders sein! Heiraten wird er diese andere, so oder so! Und außerdem, wenn ich absage – er wird es höchstwahrscheinlich gar nicht ernst nehmen, für einen meiner berühmten nervösen, um nicht zu sagen hysterischen Anfälle halten' – ging es mir durch den Kopf.

Ich ging zum Fenster und öffnete es weit. Die feuchte, neblige Luft strömte langsam ins Zimmer und ich fror noch mehr, doch jetzt tat es mir gut, zu frieren, denn ich spürte, ich lebte noch! Und das körperliche Unwohlsein lenkte mich von meinem Leid ab, ein wenig nur, aber immerhin.

‚Und was werde ich ihm sagen, wenn er um eine Begründung für meine Absage bittet? Die Wahrheit? Nie und nimmer!‘ Ich sehe ihn schon vor mir, verständnislos und gleichzeitig mittleidig lächeln. Darauf kann und will ich verzichten! ‚Warum muss es denn ausgerechnet diese Frau sein? Was war denn an ihr so Besonderes? Und warum hat er nie von ihr erzählt, wo er doch sonst nie etwas für sich behalten hatte? Wir hatten doch über alles gesprochen! Na, doch wohl nicht über alles!

Ob er sie wirklich liebte? Vielleicht sogar so, wie ich ihn liebe?‘ Die Möglichkeit bestand immer-hin. Und wenn dem so war, dann ....

Ich ging zum Telefon und wählte seine Nummer. Als er sich meldete und ich seine so vertraute Stimme hörte, da war mir, als lösten sich wieder einmal alle Probleme von allein. Er würde schon das Richtige tun und sein Entschluss war sicher auch für mich das Beste!

„Hallo Jürgen, ich wollte dir nur sagen, dass ich mit der Rolle, die du mir an deinem Hochzeitstag zugedacht hast, einverstanden bin.“

„Du, du bist .... einverstanden?"

„Ja!"

„Und es macht dir nichts aus? Absolut nichts?"

„Nein! Wieso sollte es mir etwas ausmachen?"

„Nun, ich dachte .... ich dachte ... du .... du, ach, ist ja egal! Ich danke dir schön, Marion, dass du mich noch angerufen hast: Gute Nacht und schlaf schön!"

„Ja, Jürgen! Gute Nacht!"

Ich legte den Hörer wieder auf und merkte zu meinem Erstaunen, dass mich das Gespräch außerordentlich beruhigt hatte. Es würde bestimmt alles gut!

Nur kalt, kalt war mir immer noch!

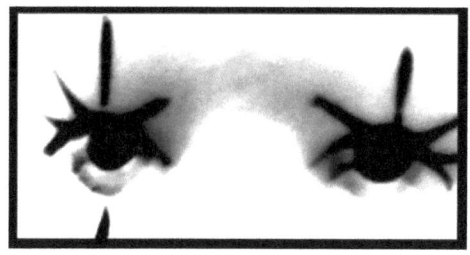

Das Mädchen

Sie saß allein an der Theke einer kleinen, ganz gewöhnlichen Bar. Ihr schwarzes, tatsächlich frivol wirkendes Kleid und die künstliche Beleuchtung machten ihr Gesicht so blass, dass ihr in obszöner Weise leuchtend rot geschminkter Mund wie Blut auf frisch gefallenem Schnee abstach. Ihr aschblondes, schulterlanges Haar wurde von einem rötlichen Band notdürftig gehalten. Um ihre Augen lag der Schatten vieler schlafloser Nächte. Ihr Mund – dieser so rote Mund lächelte alles und doch eigentlich gar nichts an.

Sie starrte in den ihr gegenüberhängenden Spiegel und sie suchte dort die Augen der Männer, die sich weiterhinten in der Bar lauthals über Fußball, den neuesten James Bond und ihre Familien unterhielten.

Sie war jung – ja, sie war sogar sehr jung – zu jung für diese Bar – zu jung für jede Art von Bar. Doch in ihrer Haltung lag die Erfahrung und die Reife eines Menschen, der das Leben nur von den Schattenseiten her kannte.

Widerstandslos und unendlich gleichgültig hob sie das vor ihr stehende Whiskyglas und leerte es ohne Hast in einem Zug.

Mit einem müden und trostlosen Blick wanderten ihre Augen im Spiegel wieder hin und her, ohne jedoch etwas oder jemanden festzuhalten.

Der Barkeeper, der routiniert an sie herantrat, um ihr aufs Neue nachzuschenken, nahm von ihr nicht mehr Notiz als von dem leeren Glas, während ihre Augen sehnsüchtig an seinen Lippen hängend auf ein paar liebevolle, aufmerksame Worte hofften, die jedoch nicht kamen.

Als er ihr Glas gefüllt hatte, drehte er sich wieder um. Ihr Blick blieb aber weiter an ihm haften, angsterfüllt, als wäre er der rettende Strohhalm und sie die in Einsamkeit Ertrinkende. Ohne Notiz von ihr zu nehmen, wandte er sich einer fetten, schwerfällig am Boden liegenden Katze zu. Sanft streichelte er über ihr Fell und leise flüsterte er ihr etwas zu.

Seufzend hob das Mädchen ihren Kopf und wandte sich wieder von ihm ab. Ihr blieb nur erneut der Blick in den Spiegel, und ihre Augen hatten nun einen erschreckend ruhelosen Blick, so, als erwarte sie jeden Moment jemanden, von dem sie aber genau wusste, dass es ihn nie geben würde.

Ich überlegte mir gerade, ob ich nicht zu ihr hingehen und ihr den nächsten Whiskey spendieren sollte, um dafür eine kleine Unterhaltung und vielleicht auch ein wenig mehr zu erhalten, doch ich kam nicht dazu. Mehrere Freunde von mir stürmten in die Bar und sowohl mein Blick als auch bald meine Gedanken entfernten sich von ihr, und während wir Unmengen an Bier und etliche Klare tranken und anfingen, über die ‚wahren Werte' des Lebens zu diskutieren, vergaß ich sie völlig.

Ich erinnerte mich erst wieder an sie, als wir überlegten, was wir mit dem angebrochenen Abend machen könnten und in diesem Zusammenhang auch auf Mädchen zu sprechen kamen. Plötzlich fiel mir dieser junge und doch so reife Körper, dieser rote Mund wieder ein und ich sah diese traurigen, ruhelosen Augen wieder vor mir. Ich blickte zu dem Platz, an dem sie gesessen hatte – er war leer.

Ich fragte den Barkeeper nach ihr – doch er konnte mir nur sagen, dass sie oft an der Theke dieser Bar säße, ihren Namen – nein, den kenne er nicht. Die anderen Typen weiter hinten in der Bar hatten sie weder gesehen noch wussten sie etwas über sie. Wie auch – die waren ja nur mit sich selbst beschäftigt gewesen.

Ich wurde mit einem Mal stocknüchtern, denn dieses junge Mädchen brachte mich ganz plötzlich mit all den Problemen in Berührung, denen ich in der Regel gekonnt ausweiche. Dieses junge Mädchen war ein Jemand – ein Mensch, wie wir alle, den aber niemand zu kennen schien - den wohl niemand brauchte – dem allem Anschein nach niemand Aufmerksamkeit, niemand Liebe schenkte. Und die Welt, zu der auch ich gehörte, war viel zu bequem, viel zu beschäftigt, viel zu engagiert, viel zu überheblich, als dass sie sich um Menschen, wie sie, kümmerte.

Ich sagte meinen Freunden gute Nacht – klar, dass sie mich langweilig und als ‚Spaßbremse' bezeichneten. Sollten sie doch! Ich machte mich auf den Heimweg. Mir gingen die Augen des Mädchens nicht aus dem Sinn. Trotz der Traurigkeit, die aus ihnen gesprochen hatten, war in ihnen, einem Funken gleich, noch ein wenig Hoffnung auf ein bisschen Liebe und Wertschätzung gewesen und ich erkannte – erst jetzt und damit viel zu spät – dass ihre Blicke die letzten Hilferufe eines langsam sterbenden Ichs waren und dass, wenn auch sie ungehört, unbeantwortet blieben, von ihr nur noch ein Schatten zurückbleiben würde, ein Schatten in einer Welt, die zu sehr mit sich selbst beschäftigt ist. Ich blieb stehen – und kehrte um. Ich würde sie suchen – auf jeden Fall! Ich würde sie suchen. Und wenn ich sie heute nicht mehr finde, werde ich morgen wieder in diese kleine, ganz gewöhnliche Bar gehen – und ich werde auf sie warten!

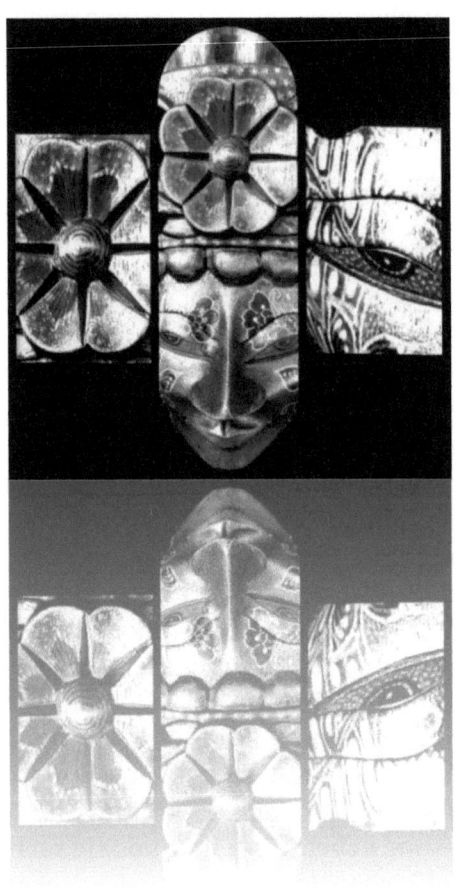

Erinnerungen

Seit vier Wochen sieht man die alte Frau jeden Tag auf den Friedhof gehen. Wenn sie die Eingangspforte erreicht hat, blickt sie sich, ehe sie eintritt, nach allen Seiten um, so als fürchte sie sich, gesehen zu werden. Dann läuft sie langsam, den Kopf zur Erde geneigt zunächst den Hauptweg entlang, dann biegt sie ab, zuerst nach rechts, dann nach links, kreuz und quer. Sie scheint kein bestimmtes Ziel zu haben, aber ab und zu schaut sie sich scheu um. Und dann – wenn sie sich unbeobachtet weiß, werden ihre Schritte schneller und auf einmal geht sie sehr zielstrebig auf ein wunderschön geschmücktes Grab zu. Es hat einen kleinen weißen Marmorstein. Efeu rankt rundum und himmelblaue Vergissmeinnicht strecken ihre Blütenköpfchen gen Himmel.

Gebeugt und mit hängenden Schultern bleibt sie zaghaft vor diesem Grab stehen. Wieder schaut sie sich um, vorsichtig, demütig, schüchtern. Sie weiß, dass sie eigentlich kein Recht hat, vor diesem Grab zu stehen – und doch ist es der einzige Sinn, den ihr altes Leben noch hat!

Sie blickt auf den Grabstein und ihre Augengleiten beinahe andächtig über die Worte, die dort stehen:

Johannes Nielsen *16.5.1913 - †25.12.1947-

Ihre Gedanken wandern zögernd in die Zeit kurz vor seinem Tod zurück und auf einmal bekommt ihr Gesicht einen beinahe jugendlichen Charme. Die tiefen Furchen auf ihrer Stirn glätten sich ein wenig und auf ihrem traurigen Mund erahnt man ein kleines, schelmisches Lächeln. Aber beides weicht gleich wieder ihrer ernsthaften Bitterkeit, mit der sie hier steht: Sie ist froh, dass die Zeit damals und die Jahre, die dann folgten, vorbei sind. Wie hatte sie diesen Menschen hier geliebt. So sehr, dass ihr noch heute, nach all diesen langen, langen Jahren das Herz weh tat, wenn sie daran dachte. Niemals vorher und niemals danach hatte sie so geliebt. Doch er hatte sie gerade wegen dieser Liebe verachtet und verspottet, hatte sie immer und immer wieder vor seinen Freunden lächerlich gemacht, sie gedemütigt, sie an Körper, Geist und Seele so schwer verwundet. Dennoch war sie ihm hörig gewesen, war ihm nachgelaufen, hatte ihm vergeben, immer und immer wieder, obwohl er sie nicht einmal darum gebeten hatte. Bei jeder Gelegenheit hatte sie ihm ihre Liebe gezeigt, war ihm zu willen gewesen – doch er hatte sie nach Lust und Laune manipuliert und dann zurückgewiesen, wie man nicht einmal ein Tier zurückweist. Doch jetzt – erneut huscht ein seliges Lächeln über ihr altes Gesicht – jetzt kann er sie nicht mehr zurückweisen – jetzt muss er ihre Liebe ertragen, muss ihre Blumen und kleinen Geschenke, die sie ihm aufs Grab legt, annehmen.

Mit einer hastigen Bewegung nimmt sie einen nicht mehr ganz frisch aussehenden Blumenstrauß aus einer grünen Grabvase, füllt sie mit mitgebrachtem frischem Wasser aus einer Flasche neu und stellt einen knallgelben Narzissen Strauß hinein, den sie liebevoll und sanft mit ihren Händen streichelt, bevor sie die Vase wieder auf ihren Platz stellt. Dann tritt sie zwei Schritte zurück und betrachtet ihr Werk.

Diese Augenblicke sind für sie die schönsten am Tag: Schon früh beim Erwachen freut sie sich darauf, genau wie sich ein junges Mädchen auf ihr Rendezvous mit dem Liebsten freut. Und kommt sie vom Friedhof heim, sehnt sie schon den nächsten Besuch am morgigen Tag herbei.

Endlich – endlich hat sie ihn, wenigstens für einige Augenblicke am Tag, ganz für sich allein.

Sie überlegt: Bald ist Ostern! Zu Ostern wird sie ihm ein riesengroßes Bukett voller bunter Tulpen schenken, und zu seinem Geburtstag im Mai wird sie das ganze Grab mit Flieder belegen und .... oh, sie ist so voller Pläne und Vorfreude. Aber hat sie darauf nicht auch lange genug warten müssen? Hat sie dafür nicht unendlich viel bezahlen müssen?

Und doch ist sie voller Dankbarkeit, denn schließlich hat sie erreicht, was sie wollte. Und außerdem ... was sind schon 35 Jahre, die sie dafür opfern musste?

Sie schaut noch einmal auf das Grab und geht dann nachdenklich, dieses Mal das Gesicht zur Sonne gewendet, heim. Sie denkt daran, dass ihre Tat nun doch noch Früchte getragen hat – wenn auch erst nach 35 Jahren, denn nun ist sie auf eine ganz seltsame Art glücklich, ja, doch, wirklich glücklich, eigentlich zum ersten Mal in ihrem Leben, und die 35 langen Jahre in Haft – nun, sie sind glücklicherweise seit 4 Wochen um. Und sie hat sie beinahe schon vergessen.

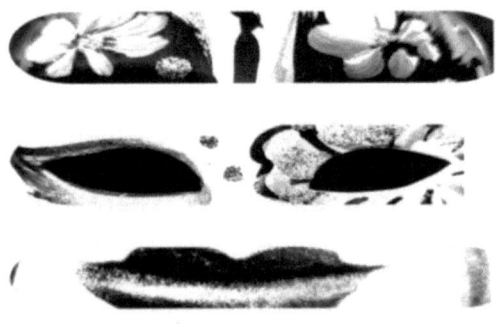

Eine Art Freiheit

Sie saß ganz einfach am Straßenrand, tat nichts Außergewöhnliches, sah auch nicht außergewöhnlich aus, ihre Haare hatten keine außergewöhnliche Farbe und sie hatte auch nichts Außergewöhnliches an: verwaschene Jeans und einen viel zu großen Norwegerpulli. Aber sie fiel mir auf. Ihr kurzgeschnittenes, aschblondes Haar hatte sie am Morgen keinesfalls gekämmt, vielleicht auch gestern nicht, und ihre Hände, mit denen sie geistesabwesend ihren Kopf stützte, hätten Wasser und Seife dringend gebrauchen können. Das sah ich trotz des Abstands. Sie war mir eigentlich gar nicht sympathisch, denn sie erinnerte mich an die Art von Menschen, Hippies halt, die mich eher abstoßen, da sie sich den ganzen Tag damit befassen, ‚die Welt zu verändern‘, ohne in Wahrheit auch nur einen Handschlag dafür zu tun. Dennoch hielt ich aus irgendeinem Grund meinen schweren Diesel an.

„Hey, willst du ’n Stück mit?"

Sie hob langsam ihren Kopf und schaute mich mit großen, ausgesprochen dunkelgrünen Augen einen Moment lang verblüfft an.

„Ich hatte es eigentlich gar nicht vor, aber .... Okey! Wohin fährst du denn?"

„Belgien!"

Ohne noch ein Wort zu sagen, sprang sie auf, hing sich ihre riesige, etwas zerrissene Schultertasche um und stieg zu mir ins Führerhaus.

Mit beinahe rührender Bescheidenheit kuschelte sie sich auf den unbequemen, etwas zu hart gefederten Sitz, zog ihre Füße an ihren Körper und lehnte den Kopf gegen die Knie. So blieb sie eine Weile in sich zusammengekrochen sitzen, ohne einen Laut von sich zu geben, während ich weiterfuhr, erst Landstraße, dann Autobahn. Ich hätte mich gerne mit ihr unterhalten, getraute mich doch nicht diese friedliche Stille, durch die nur das monotone Brummen des Motors klang, zu stören.

Plötzlich hob sie ihren Kopf.

„Bist du eigentlich glücklich?"

Ich schaute sie erstaunt an, um zu ergründen, wie sie diese Frage gemeint haben könnte, doch mir schien, sie erwartete gar keine Antwort, denn sie hatte sich schon wieder in sich zusammengezogen, einem Igel gleich.

Eine längere Zeit des Schweigens verging, ich fing langsam an zu bedauern, eine so wenig unterhaltsame Mitfahrerin eingeladen zu haben.

Doch erneut, so plötzlich wie vorhin, hob sie wieder ihren Kopf und fing an zu singen. Ich verstand die Texte nicht, es schien Englisch vermischt mit einer südländisch klingenden Sprache zu sein, doch nach den Melodien zu urteilen, handelte es sich um sentimentale, sehr poetische Lieder zu denen sie ab und an mit ihren Händen den Takt klatschte.

Aus den Augenwinkeln schaute ich mir dieses so merkwürdige Wesen an. Ihre dunkelgrünen Augen strahlten so voller Freude und Übermut, dass in mir aufeinmal ein Gefühl der Schuld und des schlechten Gewissens erwachte. Wie war es möglich, dass dieses Mädchen, das nichts besaß außer ihr Leben, so glücklich war, während ich, Ehemann und Familienvater mit einem Job, einem eigenen kleinen Häuschen in modernem, komfortablen Stil eingerichtet, regelmäßigem Jahresurlaub mit der ganzen Familie am Mittelmeerstrand, und der sich vor allem niemals je Sorgen gemacht hatte, ob am morgigen Tag genug zu essen da sein würde, weder glücklich noch unglücklich, weder mürrisch noch fröhlich dem monotonen Brummen meines Motors zum Opfer gefallen war und mein Leben in eben dieser Monotonie lebte, ohne Höhen, ohne Tiefen. Und auf einmal fing ich an zu erzählen. Ich erzählte ihr von meinem Leben, meiner Familie, meiner Frau, meiner Arbeit und meinen spießbürgerlichen Sorgen. Ich konnte ihr meine Gedanken, die ich mir auf meinen langen Fahrten über die unwichtigsten Dinge machte, in ganz einfachen Worten darlegen und ich vermochte ihr, einer Fremden, meine innersten Ängste zu schildern, die Angst vor dem Altwerden, Angst vor dem sexuellen Versagen, Angst vor dem Erwachsenwerden meiner Kinder, Angst vor Krankheit und vor allem Angst davor, dass mein monotoner Alltag mein Leben erstickt. Ich sprach zu ihr, wie ich niemals zuvor zu einem Menschen gesprochen hatte, noch nicht einmal zu meiner Frau und sie – sie hörte zu. Sie bedauerte mich nicht und versuchte auch nicht, mich mit nichtssagenden allgemeinen Floskeln abzuspeisen. Sie sagte überhaupt nichts, aber das musste sie auch nicht, denn ihr intensives Zuhören war Antwort genug. Damit gab sie mir deutlich zu verstehen, dass sie mein tiefstes, geheimstes Ich verstand.

Als ich geendet hatte, fuhren wir schweigend weiter, dem Sonnenuntergang entgegen.

„Kannst du hier anhalten?" Ich nickte und lenkte meinen Laster auf den vor uns liegenden Parkplatz. Zum Abschied wandte sie sich noch einmal zu mir, blickte mich mit ihren großen, so grünen Augen an: „Ich mag dich!" und während sie das sagte, strahlten ihre Augen wieder die gleiche, so ungeheure Lebensfreude aus.

Dann kletterte sie vom Wagen und ging davon.

Der Unfall

Die Bremsen des roten Sportwagens quietschen.
Verzweifelt reißt der Fahrer des Autos sein Steuer
auf der vom Schneematsch glatten Straße nach
rechts – vergeblich! Der Wagen hat das junge
Mädchen schon erfasst. Als er zum Stehen kommt,
liegt sie ein paar Meter weiter blutend am
Straßenrand. Der Fahrer des Unfallwagens steigt
mit kreidebleichem Gesicht und weit
aufgerissenen Augen aus dem Auto – ihm war
nichts passiert. Voller Angst wankt er zu dem
Mädchen hinüber. Passanten versuchen ihr gerade
erste Hilfe zu leisten. Man hat sie so hingelegt, dass
er ihr Gesicht sehen kann, und als er in ihr
aschfahles, lebloses Antlitz blickt, wird ihm
schwarz vor Augen. Er schwankt einen Augenblick
so stark, dass ein paar hilfreiche Arme zugreifen
und ihn festhalten müssen. Es kann doch nicht
sein! Es darf nicht sein! Er muss sich getäuscht
haben. Noch einmal, ganz vorsichtig, so, als habe
er Angst, dass er mit seinem Blick ebenfalls
Schaden anrichten könnte, sucht er noch einmal
das Gesicht des Mädchens, dass dort mit verzerrten
Zügen im Schnee liegt und so erschreckend
teilnahmslos aussieht – ja sie ist es. Diese
Gesichtszüge, wenn auch durch den eben

erlittenen Schmerz und die jetzige Leblosigkeit verfremdet – sie sind ihm doch nur allzu vertraut. Diese Augen, die nun völlig ausdruckslos und weitaufgerissen, ohne etwas anschauen zu können gen Himmel starren – wie oft hatten sie ihn zärtlich und liebevoll angestrahlt. Er hatte sie nie bemerken wollen, doch nun .... Was würde er darum geben, sie noch ein einziges Mal strahlen zu sehen. Und ihr Mund – dem jetzt dunkelrotes, beinahe braunes Blut entrinnt – er hatte doch niemals stillgestanden, hatte ihm die unmöglichsten Geschichten erzählt und so gerne gelacht; und ihr schulterlanges, braunes Haar – sonst immer nett und abwechslungsreich frisiert – jetzt fällt es ihr in wirren und blutverklebten Strähnen in die Stirn. Er starrt und starrt auf die vor ihm liegende Gestalt und kann seinen Blick nicht losreißen. Langsam kniet er sich neben sie und versucht verzweifelt, sie aufzurichten, wimmert dabei, weint – er, den doch keinerlei Gefühl aus der Fassung bringen kann. Die Passanten um ihn herum versuchen ihn mit Gewalt davon abzuhalten, sie aufzurichten. Verwirrt und entsetzt blickt er zuerst auf diese fremden Menschen, die mit so ernsten und mitleidigen Gesichtern um sie beide herumstehen – dann wieder auf das Mädchen und plötzlich wird ihm bewusst: sie ist tot – tot! Und er, er hat sie getötet.

Eigentlich war sie ihm immer gleichgültig gewesen. Er hatte sich über ihre Anhänglichkeit, ihr Verliebtsein belustigt. Es hatte ihm geschmeichelt, natürlich, aber oft hatte er, wenn sie es nicht sah, belustigt gegrinst. Wie oft hatte sie versucht, ihn auf sich aufmerksam zu machen, aber er hatte es meist ignoriert; doch ihren Tod – den kann er nicht ignorieren!

Mit Blaulicht und Martinshorn kommen Polizei und ein Krankenwagen herbei – endlich. Warum hat das so lange gedauert? Vielleicht ist sie ja doch noch zu retten, kann wiederbelebt werden! Aber er weiß doch genau, dass für den Notarzt nichts mehr zu tun ist:

„Ihr kommt zu spät .... zu spät! Sie ist tot, t o t!"

Sein Geschrei geht abermals in ein jämmerliches Gewimmer über. Er wirft sich so schnell, dass niemand ihn davon abhalten kann, auf den noch warmen Körper und vergräbt seinen Kopf leise vor sich hin weinend an ihre Brust. Der Notarzt erfasst zwar nicht die ganze Situation weiß aber: Für sie kann er nichts mehr tun, er aber braucht seine Hilfe. Ohne zu fragen, gibt er ihm eine beruhigende Spritze.

Die Polizei beginnt mit ihrer routinemäßigen Arbeit der Protokollaufnahme. Es hat mehrere

Augenzeugen des Vorfalls gegeben, die übereinstimmend berichten, dass es ein wirklich tragischer Unfall gewesen sei, denn weder dem Fahrer noch dem Mädchen könne man irgendeine Schuld geben. Auf der vom Schnee geglätteten Straße habe der Fahrer seinen Wagen nicht richtig in der Gewalt haben können. Zu schnell sei er keinesfalls gefahren. Auch das junge Mädchen habe wohl nicht mit der Glätte auf der Straße gerechnet, sondern nur schnell mal eben auf die gegenüberliegende Fahrbahnseite kommen wollen, um den dort wartenden Bus noch zu erreichen und dabei sei sie ausgerutscht. Einfach so!

Jemand bedeckt das Mädchen mit einer grauen Decke. Dann, etwas später, trägt man sie auf einer Bahre davon, während die Polizei die Personalien des Fahrers, der inzwischen, sicherlich durch die Spritze, etwas ruhiger ist. Sie notiert seine Aussagen zum Unfallhergang.

Der Menschenauflauf löst sich langsam auf, denn für jeden geht der Tag weiter – die Zeit ist nur für das Mädchen stehen geblieben. Bald wird man sie vergessen haben, denn was weiß einer von denen schon von ihr?

Als der Fahrer des roten Sportwagens am Abend nach Hause kommt, ist er beinahe schon wieder

der gleiche überlegene, immer etwas egoistische Kerl, der am Morgen seine Wohnung verlassen hat. Der Unfall – nun es waren sehr, sehr bedauerliche Umstände gewesen und ihn trifft ja glücklicherweise keine Schuld. Wie hatte er sich am Unfallort bloß so gehen lassen können. Ausgesprochen peinlich. Was denken die Passanten, was die Polizei und der Notarzt nun bloß von ihm. Er gießt sich ein Glas Wein ein und entzündet seine Pfeife.

Zu Hause auf dem Schreibtisch des jungen Mädchens liegt ein kleines Buch umgekehrt aufgeschlagen. Auf dem Einband steht: Johann Wolfgang von Goethe, Die Leiden des jungen Werthers. Innen ist ein Satz mit leuchtendem Rot unterstrichen: „Adieu! Ich seh' dieses Elends kein Ende mehr als das Grab!" – Was für ein Zufall, denkt die Polizistin, die die Wohnung der Verkehrstoten untersuchen muss und klappt das Buch zu.

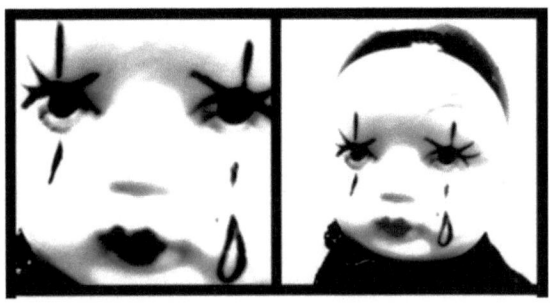

Zum Tod verurteilt

Ich hatte schon lange nicht mehr an ihn gedacht, als ich an einem frühen Samstagmorgen beim Lesen der Zeitung meines Heimatortes Neustadt, die ich am Wochenende abonniert hatte, von seinem Tod erfuhr: Suizid. Er hatte sich auf der Toilette des Neustädter Bahnhofs erhängt. Furchtbar! Ich las die kleine Notiz dreimal, kein Zweifel. Es musste sich um ihn handeln. Peter Wangert, 37 Jahre alt.

‚Wieso'? – schoss es mir durch den Kopf. ‚Was um alles in der Welt hatte ihn dazu gebracht, seinem Leben auf solch beschämende Art und Weise ein Ende zu machen?'

Ich hatte ihn ganz anders, ganz lebendig und lebensfroh in Erinnerung und meine Gedanken wanderten in unsere gemeinsame Schulzeit zurück:

„Achim, pass mal auf! Ich hab' eine Idee. Wir lassen heute Schule Schule sein und verduften nach der zweiten Stunde. Ich sage einfach, mir sei schlecht und du müsstest mich nach Hause bringen. Na, wie findest du das?"

„Und was wollen wir dann machen?"

„Na hör mal, blöde Frage! Weißt du denn nicht, dass gestern ein Zirkus in die Stadt gekommen ist! Die Zirkusleute wollen heute Vormittag ihre Zelte aufbauen und suchen Helfer. So ein bisschen aufregende Zirkusluft zu schnuppern mit dem Duft der großen weiten Welt – na, was ist, machst du mit?"

Ich hatte mitgemacht, selbstverständlich, wenn auch mit etwas klopfendem Herzen, denn Schwindeln war nicht so ganz mein Ding gewesen, und wir waren den ganzen Tag draußen bei den Zirkusleuten auf dem freien Feld am Stadtrand geblieben. Peter hatte großartige Arbeit geleistet und geschuftet wie ein Ackergaul. Die einzige Bezahlung, die wir gegen Abend bekamen, war ein dankbares Lächeln der Frau des Zirkusdirektors und zwei Eintrittskarten für die Premiere am kommenden Tag, doch Peter war gänzlich zufrieden. Mehr hatte er nicht gewollt, Geld war ihm unwichtig, jedenfalls damals. Für ihn waren die Menschen, die Begegnungen wichtig, er wurde mit jedermann schnell gut Freund, kaum einer konnte sich seinem Charme, seiner Freundlichkeit entziehen. Man fragte uns, ob wir beim Abbau der Zelte wiederkommen und wieder mithelfen könnten, und er versprach es.

Jetzt, wo ich mir ihn wieder in Erinnerung rufe, fallen mir etliche solcher Ereignisse ein. Er hatte jedem, der ihn bat, geholfen, niemals ‚Nein' gesagt. Rücksicht auf sich selbst hatte er niemals genommen.

Nachdem wir die Schule verlassen hatten, hatten wir uns nur noch einmal wiedergesehen. Ich hatte da schon meine Lehre als Bankkaufmann beendet, war nach der Lehre nach Frankfurt gezogen, wo ich ein besseres Jobangebot hatte und auf ein gutes und sicheres monatliches Einkommen stolz sein konnte. Er jedoch hatte es, wie er es ein wenig verschämt formulierte, noch nicht weit gebracht und lebte von Gelegenheitsarbeiten. Ich hatte ihm damals dringend geraten, so schnell wie möglich eine Lehre zu beginnen – zu spät sei das noch nicht – nur so könne man was im Leben werden. Doch ob er meinen Rat beherzigt hatte – keine Ahnung. Wir waren uns seitdem nie wieder begegnet und ich hatte auch nie wieder von ihm gehört – bis heute Morgen.

Ich ging zum Telefon und wählte die Nummer des Polizeireviers, zu welchem der Bahnhof gehörte, an dem man Peter aufgefunden hatte. Ich versprach mir nicht viel von diesem Gespräch, aber ich musste versuchen herauszufinden, was mit ihm geschehen war.

‚Guten Tag, ich bin Achim Verhofen, ein alter Schulfreund des Peter Wangert, der vorgestern tot aufgefunden worden ist. Ist es möglich, Einzelheiten zu erfahren?"

„Nein, tut mir leid. Aber Sie können sich denken, dass ich Ihnen keine näheren Angaben machen darf."

„Ja, das dachte ich schon. Haben Sie denn eine Ahnung, wann er beerdigt wird. Ich würde ihm als sein alter Freund gerne die letzte Ehre erweisen."

„Wir müssen, um irgendein Fremdverschulden ausschließen zu können, noch die Obduktion abwarten. Rufen Sie doch nächste Woche noch einmal an."

Ich bedankte mich, legte den Hörer auf und rief eine Woche später erneut an. Nach einigem Hin und Her erfuhr ich den Termin der Trauerfeier, sie würde in der kommenden Woche Montag stattfinden. Da unser gemeinsamer Heimatort klein war, gab es auch nur einen Friedhof. Ich musste also gar nicht nach dem genauen Ort fragen.

Ich ließ mich für den kommenden Montag beurlauben und fuhr schon am Sonntagnachmittag die 240 km von Frankfurt nach

Neustadt, denn mir sollte am Montag früh kein Stau auf der Autobahn dazwischenkommen und mich an der Teilnahme der Trauerfeier hindern. Ich nahm mir ein Hotelzimmer und ging anschließend durch die altvertrauten Straßen. Mir stand allerdings nicht der Sinn nach Gesellschaft – ich hätte bestimmt den ein oder anderen Kontakt von früher auffrischen können, aber ich aß lieber allein zu Abend im Hotel und ging früh zu Bett. Am nächsten Morgen zog ich meinen schwarzen Anzug an, kaufte in einem Blumengeschäft auf dem Weg zum Friedhof einen großen Strauß weißer Nelken und traf pünktlich ein.

Die zaghafte Glocke der Friedhofskapelle läutete gerade und ich betrat den dunklen, etwas muffig riechenden Raum. Mir stockte der Atem: Außer dem Pfarrer, sechs Männer, die dem Anschein nach die Sargträger waren und einer älteren Dame am Harmonium waren nur noch ein alter, gebeugt sitzender Mann und eine ungefähr gleichaltrige Frau da. Als sie sich nach mir umschauten erkannte ich in ihnen seine Eltern. Ich setzte mich in die hinterste Reihe, so, als würde ich eigentlich nicht wirklich dazu gehören. Doch als die Organistin auf dem Harmonium das traurige Lied: ,So nimm denn meine Hände und führe mich, bis an mein seligs Ende und ewiglich!' spielte, stimmte ich voller Emotionen in den leisen, zittrigen Gesang dieses alten Ehepaars ein. Sie taten mir so leid. Und nicht nur sie. Auch Peter. Wie war es möglich, dass kein einziger Freund oder Bekannter von früher jetzt an seinem Tod Anteil nahmen, sich von ihm verabschieden wollte. Er hatte doch so vielen geholfen, war immer und stets für andere da gewesen. War es nur die Art und Weise seines Todes? Aber das konnte ich mir nicht denken. Ein Suizid ist heutzutage nicht mehr ein derartiger Tabubruch. Es musste etwas anderes vorgefallen sein und ich wollte es unbedingt herausfinden.

Die Trauerfeier war sehr schnell vorbei, dem Pfarrer war bis auf ein paar Phrasen nicht viel eingefallen. Er redete davon, dass Christus für unser aller Sünden gestorben sei und wir darum verpflichtet sind, einander unsere Fehler zu vergeben. Meinte er, man solle Peter seinen Suizid vergeben. Den als Sünde zu bezeichnen, empfand ich als taktlos, falls er das meinte. Die Beisetzung am Grab war noch trauriger. Seine Eltern standen zitternd vor der Grabesöffnung, der Pfarrer verlas den Text von der Auferstehung der Toten aus dem Korintherbrief und wir beteten still das Vaterunser. Nachdem sich der Pfarrer entfernt hatte, ging ich zu dem alten Ehepaar und stellte mich vor. Sie erinnerten sich an mich, ja, selbstverständlich. Auf meine Frage, warum Peter seinem Leben ein so schreckliches Ende gesetzt hatte und warum niemand zu seiner Beerdigung gekommen war meinte seine Mutter:

„Ja, sehen Sie, das ist wohl die Strafe Gottes!"

„Strafe? Um Himmels willen! Für was denn? Was hat er denn so Schlimmes getan, dass er eine solche Strafe verdient hätte?"

„Wissen Sie es denn nicht? Wissen Sie, sein ehemaliger bester Schulfreund tatsächlich nicht, was aus ihm geworden ist?"

Ich schüttelte beschämt den Kopf. Ich war all die Jahre über zu sehr mit meinem Beruf, meiner Karriere, zu sehr mit Geld verdienen beschäftig gewesen.

„Wenn Sie noch Zeit haben, kommen Sie doch noch mit zu uns. Eine Tasse Kaffee wird uns allen jetzt guttun!" sagte sein Vater, leise und tonlos.

Als ich die kleine Etagenwohnung der Wangerts betrat, war ich nicht wenig schockiert. Sie wohnten nicht mehr in dem Haus von früher, das so viel größer, schöner, sonniger gewesen war. Diese kleine Bleibe hatte nur kleine Fenster und Sonnenstrahlen fanden zumindest dieses Zimmer nie. Sie nötigten mich Platz zu nehmen und Frau Wangert ging Kaffee kochen. Herr Wangert und ich saßen uns schweigend gegenüber. Seine Frau brachte 3 Tassen und einen kleinen Teller trockenes Gebäck und holte dann die Kaffeekanne.

„Schauen Sie sich nur recht gut um hier, Herr Verhofen. So sah es nicht immer bei uns aus. Das wissen Sie vielleicht noch. Wir mussten leider unser schönes, großes, helles Haus verkaufen. Für Peter, unser einziges Kind. Wir haben ihm alles geben müssen, sein Prozess, Gerichts- und Anwaltskosten im letzten Jahr hat alles, was wir hatten, verschlungen. Und zum Dank hat er uns nun auch noch dies hier angetan." Die Stimme seiner Mutter klang gleichermaßen traurig wie vorwurfsvoll. Sein Vater schwieg.

„Prozess – Anwaltskosten?" Wovon reden Sie?

Die alte, magere Frau ging zu einem kleinen Schreibtisch, öffnete die oberste Schublade und entnahm ihr einen dicken schwarzen Ordner. Sie kam zu mir und reichte ihn mir.

„Hier – lesen Sie, wenn Sie mögen! Wir sind des Redens und Erklärens so müde!"

Ich nahm ihn und schlug die erste Seite auf. Ich musste voll Entsetzen die große Überschrift einer Boulevard-Zeitschrift lesen: ‚Deutscher unter Mordverdacht in den USA'. Daneben ein Foto von Peter und ein langer Artikel. Ich las ihn bedrückt. Man beschuldigte Peter in diesem Bericht der Vergewaltigung und des Raubmordes an einer jungen Amerikanerin. Man sah es als erwiesen an, dass er in Abwesenheit des Ehemannes, den er vorher zufällig kennengelernt hatte, die junge Frau aufgesucht, sie vergewaltigt und sie anschließend erdrosselt habe. Dann habe er Bargeld und Schmuck geraubt und sich davon gemacht. Es gab noch andere Zeitungsberichte, auch aus amerikanischen Zeitungen, doch sie brachten nicht viel Neues. Einige waren auf das Leben des Angeklagten eingegangen, hatten ihn als gescheiterte Existenz bezeichnet. Er hätte keinen Beruf gehabt, kein regelmäßiges Einkommen. Er hätte hier und dort gejobbt. In den USA hätte er für ein halbes Jahr ‚work and travel‘ machen wollen und ganz zufällig hätte es ihn nach Bedford, einem kleinen Ort Nahe Boston verschlagen, wo sich das ganze ereignet hatte.

Ich konnte nicht fassen, was ich da las. Unmöglich! Nicht Peter! Auf keinen Fall. Er hätte niemals so etwas getan, auch nicht, wenn ihm das Wasser bis zum Hals gestanden hätte. Hätte es ja auch gar nicht, ihm war es immer gelungen, Kontakte zu knüpfen, irgendwo einen Teller Suppe oder ein Bett zum Schlafen zu bekommen. Und mehr hatte er doch nie gebraucht. Geld und Schmuck stehlen – einer jungen Frau Gewalt antun – sie gar ermorden? Nie und nimmer. Ich glaubte keine einzige Zeile.

Ich las weiter. Nach den schrecklichen Zeitungsberichten kamen die Aufzeichnungen und Protokolle aus der Verhandlung. Es hatte den Anschein, als seien seine Eltern sofort zu ihm gereist. Sie hatten sich eine große Kanzlei genommen – man weiß ja, dass in der Regel nur private Anwälte auch wirklich engagiert sind. Es waren Zeugenaussagen aufgeführt, das Plädoyer des Staatsanwalts, das des Verteidigers. Ich stutzte, blätterte zurück, dann wieder vor: Was hier nicht zu finden war, war irgendeine Erklärung von Peter selbst. Kein Statement, keine Beteuerung seiner Unschuld. Allerdings auch kein Geständnis. Ich las gebannt weiter. Dann zögerte ich, umzublättern, denn auf der nächsten Seite würde ich das Urteil lesen können:

Und ja! Die Geschworenen hatten ihn schuldig gesprochen und der Richter hatte ihn zum Tod verurteilt, aufgrund der besonderen Schwere und Abscheulichkeit der Tat. Nach dem Urteil hatte Peter dann wohl doch sein Schweigen gebrochen. Er sei unschuldig, hatte er wohl gesagt, und Gott solle sein Zeuge sein!

Ich war sehr verwirrt. Die Tatsache, dass er sich 14 Tage zuvor hier in seinem Heimatort erhängt hatte, ließ ja darauf schließen, dass das Urteil dort in Amerika niemals vollstreckt worden war. Das Ganze musste doch ein einziger Albtraum sein.

Ich las weiter. Das Todesurteil sollte zügig vollstreckt werden, ordnete der Richter an, aber der Anwalt ließ durchblicken, man werde auf jeden Fall in Berufung gehen.

„Und", fragte ich, „brachte die Berufung die Aufhebung der Strafe?"

„Nein", sagte Frau Wangert, „die Berufung wurde abgelehnt, das Urteil sollte vollstreckt werden, der Hinrichtungstermin wurde festgelegt. Wir sind die wenigen Wochen bei ihm geblieben und hatten uns schon endgültig von ihm verabschiedet."

„Ja, und dann", fragte ich atemlos, „was ist dann passiert?"

„Am Tag vor der Vollstreckung des Urteils ist die Wahrheit ganz durch Zufall ans Licht gekommen. Der Ehemann der Ermordeten hatte die Kette seiner Frau mit einem sehr besonderen Anhänger in einem Geschäft entdeckt. So kam man – gerade noch rechtzeitig – dem wahren Täter auf die Spur. Peter wurde freigesprochen und voll rehabilitiert und wir haben ihn mit nach Hause nehmen können! Das war vor 3 Monaten. Und nun!" Frau Wangert schnürte es die Kehle zu.

„Nun ist er doch tot. hat sich selbst gerichtet!" ließ sich Peters Vater leise und resigniert vernehmen.

„Wie können Sie so etwas sagen?" empörte ich mich. „Eine solche Fülle unseliger Umstände. Dafür konnte er doch am allerwenigsten etwas! Er hatte doch keine Schuld an dieser Tragödie!"

„Ach, den Kummer, den er uns schon immer gemacht hat – seine Art zu leben, in den Tag hinein, ohne vom Morgen etwas zu erwarten. Das rächt sich! Und dann die Schande, die er über uns gebracht hat! Hier in den Zeitungen war von seiner Unschuld natürlich nichts mehr zu lesen. Für die Leute hier ist und bleibt unser Sohn ein Vergewaltiger und Mörder. Und auch daran ist er schuld. Er wollte nach der Rückkehr aus seinem Leben keine Titelgeschichte mehr in irgendeiner Zeitung machen. Verbot auch uns mit seinem Freispruch in die Öffentlichkeit zu gehen. "

Ich konnte nicht fassen, was ich da hörte – andererseits, hatte ich nicht auch so gedacht, als ich ihn das letzte Mal sah? Hatte ich nicht genau aus diesem Grund auch Abstand von unserer Freundschaft genommen? War mir die freie Art zu leben nicht einfach verantwortungslos erschienen. Wie herzlos diese Gedanken sich doch nun im Nachhinein entpuppten.

„Aber warum hat er sich das Leben genommen? Das verstehe ich nicht. War er denn nicht froh, weiterleben zu dürfen?"

Peters Eltern saßen schweigend da, zuckten mit den Schultern und schüttelten den Kopf.

„Wir kennen den Grund nicht!" sagte der Vater leise. „Und ich glaube auch, dass ich ihn gar nicht wissen möchte!"

Ich trank den dünnen Kaffee aus, der inzwischen kalt geworden war und verabschiedete mich. Im Gegensatz zu Herrn Wangert wollte ich den Grund unbedingt wissen. Mein schlechtes Gewissen ließ mir keine andere Wahl, als den Versuch zu starten, herauszufinden, was um Himmelswillen mit Peter dort in den USA passiert war, dass er sich das antun musste.

Am Dienstag bat ich meinen Vorgesetzten aus dringenden, privaten Gründen um ein paar Tage Urlaub, und flog nach Boston, der Stadt, in der Peters Prozess stattgefunden hatte.

Dort bat ich seinen Anwalt um einen Gesprächstermin. Der konnte mir allerdings nicht viel sagen, außer das, was ich schon wusste oder mir zusammengereimt hatte. Warum Peter seinen ganzen Prozess über geschwiegen hatte, auch zu ihm, seinem Rechtsbeistand nicht offen gewesen sei – die Gründe dafür lagen im Dunkel. Auf die Nachricht des Freitodes von Peter reagierte mein Gegenüber betroffen, aber auch nicht sehr erstaunt. Peter sei trotz seines Freispruchs ein gebrochener Mann gewesen, insofern wundere ihn diese seine Entscheidung nicht sonderlich.

„Ich bedauere, Ihnen bei Ihren Fragen nicht weiterhelfen zu können. Vielleicht sprechen Sie mit dem Gefängnisseelsorger. Ich weiß, er hatte einen guten Kontakt zu ihm, oder mit seinem Zellennachbarn. Mag sein, dass einer von beiden etwas mehr weiß als ich."

Den Seelsorger konnte ich recht schnell ausfindig machen und bei meinem Anruf wusste er sofort, um wen es sich handelte. Wir trafen uns in einem Café.

„Natürlich bin ich an die Schweigepflicht gebunden – ich kann Ihnen also nichts erzählen, was Peter Wangert mir anvertraut hat. Nur eines kann ich Ihnen sagen: Er hat sich – obwohl unschuldig an den schrecklichen Verbrechen – über die Maßen schuldig gefühlt! Er war absolut überzeugt davon, dass es durch ihn hätte verhindert werden können, wenn er im Vorfeld anders gehandelt hätte."

„Eigenartig. Er kannte den Täter doch nicht. Hat doch mit ihm nicht zusammengearbeitet. Oder doch? Inwiefern musste er sich also verantwortlich fühlen?"

„Ich kann Ihnen als Seelsorger nicht mehr sagen, tut mir leid, aber sein Zellengenosse in der Untersuchungshaft im Middlesex House of Correction and Jail, der ist an keinerlei Beichtgeheimnis gebunden. Vielleicht erzählt er Ihnen mehr. Ich kann Ihnen zu einem Besuch bei ihm verhelfen. Er sitzt eine kleinere Haftstrafe ab und musste darum nach seinem Urteil nicht in das Hochsicherheitsgefängnis, in welchem Peter auf seinen Hinrichtungstermin warten musste."

Ich war sehr einverstanden mit dem Vorschlag. Wir unterhielten uns noch ein wenig. Ich erzählte ihm von Peter, wie er früher gewesen war und wie sehr es mir leidtat, dass ich ihm in meinem Leben keinen Platz mehr eingeräumt hatte.

Für den nächsten Tag verabredeten wir uns und fuhren auf dem Highway mit der Nummer 3 aus Boston Richtung Norden, vorbei am Veteranenpark des Vietnamkrieges. Ich hatte mich die ganze Nacht im Bett gewälzt, war nur gegen Morgen für wenige Augenblicke zu einem unruhigen und flachen Schlaf gekommen. Ich fand meine Idee, hierher zu fliegen und nach Antworten auf Fragen zu suchen, die außer mir keinen interessierten, inzwischen albern. Na, nun war ich schon so weit gekommen, jetzt musste das durchstanden werden. Nach einer etwas längeren Wartezeit wurde ich in den Besuchsraum des

Gefängnisses gebracht, wo Dan Casay, Peters ehemaliger Zellengenosse, schon auf mich wartete.

„Ich danke Ihnen, dass Sie mir dieses Gespräch mit Ihnen erlauben!" begann ich etwas verlegen.

„Ich bin dankbar für jede Abwechslung, das kann ich ihnen sagen! Also, gerne, kein Problem!"

Ich erzählte ihm die ganze Geschichte von Peter und mir, unserer früheren Freundschaft, meinem arroganten Verhalten in späterer Zeit und dass ich ihn völlig aus den Augen verloren hatte. Von seinem Suizid, der Beerdigung, bei der außer seinen Eltern und mir niemand weiter um ihn trauerte. Die Berichte in der deutschen Presse und die Tatsache, dass später niemand es für nötig empfunden hatte, ihn zu rehabilitieren, ihn eingeschlossen. Für die Menschen seines Heimatortes, für alle, die ihn kannten und diese furchtbaren Berichte in den Zeitungen gelesen hatten, war er nach wie vor ein Vergewaltiger, ein Dieb und – Mörder!

„Warum, warum hat er nicht mehr für sich gekämpft, als alles vorbei war! Schon während des Prozesses hat er nicht gekämpft, hat nichts gesagt, was der Wahrheitsfindung hätte helfen können! Warum? Ich habe einfach keine Erklärung dafür!"

Dan Casay schwieg zunächst, bat mich um eine Zigarette, die ich ihm zusammen mit der ganzen Packung, gerne gab!

Dann hob er an: „Ich denke, ich weiß warum! Er fühlte sich so sehr schuldig. Er war davon überzeugt, dass er am Schicksal dieser jungen Frau, Aileen hieß sie, Schuld hatte. Er sagte immer wieder: ‚Ich bin schuld! Es ist meine Schuld, ganz allein meine Schuld!' Und weiter: ‚Ich verdiene die Strafe, ich verdiene den Tod. Auch wenn ich nicht der Täter bin, bin ich doch schuld. Und es ist nicht gerecht, dass ich lebe und sie tot ist!'

„Warum Schuld – warum und wieso nur hatte er einen so starken Schuldkomplex?"

„Nun, sehen Sie, er hatte das Ehepaar kennengelernt und ein paar Tage in ihrem Garten gearbeitet. In dieser Zeit ist er Aileen etwas nähergekommen. Jedenfalls so nahe, dass sie ihn gebeten hatte, an dem betreffenden Abend wieder zu kommen. Ihr Mann war auf einer Geschäftsreise. Peter hatte zunächst zugesagt, war auch hingegangen. Aileen hatte ein Abendessen zubereitet. Alles war zunächst recht harmonisch, nach seinen Schilderungen. Dann aber, noch vor dem Essen, hatte er Gewissensbisse bekommen. Er fand Mark, Aileens Mann, sehr sympathisch. Der hatte ihm bei Freunden ebenfalls kleine Jobs verschafft, wofür Peter dankbar war. Kurz und gut. Er ging noch vor dem Abendessen. Aileen lief hinter ihm her, bat ihn, umzukehren und zu bleiben. Doch er machte ihr klar, dass sie beide dabei wären, einen großen Fehler zu begehen und er könnte Mark nicht betrügen! Tja, und in dieser Nacht, nur zwei Stunden später, war es zu der Tragödie gekommen. Wäre er geblieben, hätte er Mark betrogen, hätte er auf das flehentliche Bitten von Aileen gehört – sie wäre heute noch am Leben!"

Ich konnte nichts sagen. Das Verhalten Peters war sehr typisch für ihn. Er konnte niemandem Wehtun, jedenfalls nicht absichtlich. Und dass er hätte betrügen müssen, um ein Verbrechen zu verhindern – darauf hätte er niemals im Vorhinein kommen können. Aber im Nachhinein erklärt das nur zu gut seine Schuldgefühle. Was für eine ehrliche Haut. Was für ein starker Charakter. Ich schämte mich noch mehr, dass ich die Freundschaft irgendwann hatte eingehen lassen. Freundschaft – beweist sich Freundschaft nicht gerade in solch schweren Zeiten. Ich hätte ihm vielleicht helfen können! Wäre er doch nur zu mir gekommen. Andererseits - vielleicht hätte ich auch den Zeitungsartikeln mehr geglaubt als ihm? Wer weiß das schon.

Ich verabschiedete mich und ließ mich mit einem Taxi zurück ins Hotel fahren. Dort buchte ich meinen Flug um. Ich wollte so schnell als möglich fort von hier. Warum sollte ich auch bleiben. Ich hatte erfahren, was ich erfahren wollte. Besser fühlte ich mich dadurch nicht.

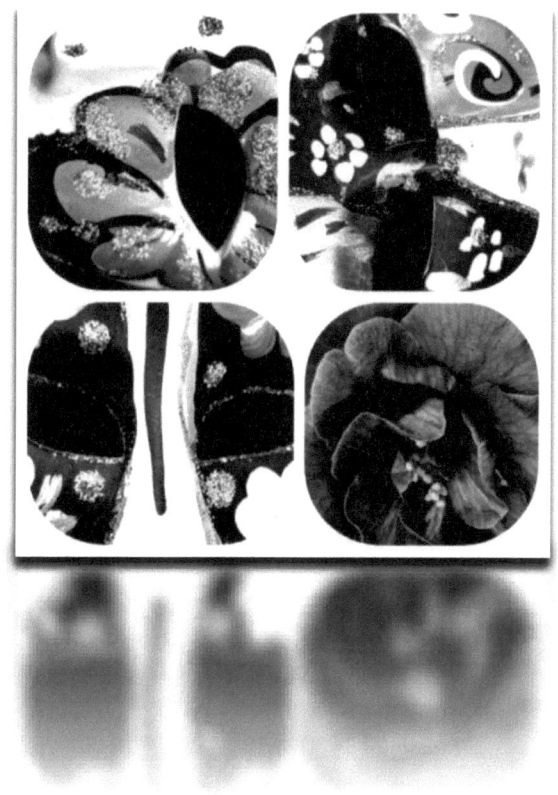

Die Begegnung

Endlich stand er ihm gegenüber, ihm, den er nur ein einziges Mal in seinem Leben gesehen hatte, doch dieses eine Mal hatte genügt, um ihn nie wieder vergessen zu können! Denn jedes Mal, wenn er sich in einem Spiegel betrachtete, wenn er dieses, sein zerschundenes Gesicht anblicken musste, diese beinahe unmenschliche Fratze, vor der sich Kinder fürchteten und Erwachsene beschämt oder mitleidig wegsahen, wurde er an ihn erinnert und der Hass, der in ihm dann aufstieg, machte sein Gesicht in solchen Augenblicken noch hässlicher.

Nun war der Augenblick gekommen, endlich! Endlich hatte er diesen Menschen, besser gesagt, diesen Un-Menschen gefunden, der sein Leben zerstört, seine Zukunftspläne zunichte gemacht hatte.

Was hatte er nicht alles unternommen, um ihn wiederzufinden, ihn, diesen Soldaten von 1945, von dem ihm nur der Vorname und sein Regiment bekannt gewesen waren. Er war endlos lange Namensregister durchgegangen, hatte Privatdetektive beauftragt, es sogar beim Roten

Kreuz versucht. Je länger die Suche nach diesem Menschen dauerte, desto besessener wurde er. Es war längst nicht mehr nur eine fixe Idee – es war eine, seine Passion. Es hatte ihn sein kleines Erbe gekostet – egal. Hauptsache, ihn finden, ihn zur Rede stellen, ihn konfrontieren mit seiner Tat.

Jetzt, nach dreiundzwanzig Jahren, hatte er es geschafft. In der dunkelsten Ecke seines Heimwegs hatte er ihm aufgelauert, mit einem sorgfältig geschärften Messer in der Hand. Töten wollte er ihn nicht, nein, das wäre zu einfach. Aber so verunstalten, wie er ihn verunstaltet hatte, damals, in den letzten Kriegstagen.

Sie sahen einander an. Der Blick des anderen: erst erstaunt, dann erschrocken. Erst verwirrt, dann erkennend!

Der andere hatte die letzten Kriegstage unversehrt überstanden – kein Wunder, er war ja damals schon, bildlich gesprochen, über Leichen gegangen. Gewissenlos, nur noch instinktgesteuert. Darum war es ja auch dazu gekommen, zu seiner Verwundung. Er hatte Proviant bei sich gehabt, nicht viel, aber etwas, Brot und Schokolade, und Zigaretten – eine Zeitlang die kostbarste Währung. Sein Gegenüber hatte das gewusst, ausgehungert, mehr Tier als Mensch, wie so viele damals im Krieg, hatte er ihn überfallen und, als er sich zur Wehr gesetzt hatte, schwer mit dem Messer verletzt, vor allem im Gesicht. Gerade noch rechtzeitig wurde er danach gefunden, von einem Engländer, kam in Gefangenschaft, aber dort wurde er wenigstens gesund gepflegt. Gesund – wenn man es so nennen möchte...

Bevor er damals als Soldat eingezogen wurde, hatte er sich mit dem schönsten Mädchen aus seinem Ort, Magdalene, verlobt. Sie wollten gleich nach dem Krieg heiraten. Und später auch das Geschäft seines zukünftigen Schwiegervaters übernehmen. Aber nachdem er so entstellt aus dem Krieg zurückgekehrt war, hatte er die Verlobung gelöst. All ihren Worten, dass ihr sein Aussehen nichts ausmache, dass ihre Liebe das gerne ertragen würde, hatte er nicht glauben können. Er meinte Mitleid in ihrer Stimme zu erkennen, und dieses Gefühl wollte er nicht ein Leben lang tagein – tagaus um sich haben.

Der andere, der ihm nun gegenüberstand, hatte in seinem Leben Glück gehabt. Das hatten seine Nachforschungen ergeben: Familie – Kinder – Geschäftsführer eines Versicherungsunternehmens. Ein gemachter Mann!

Warum schlägt das Leben bei dem einen so hart zu und den anderen verschont es? Warum geht es Tätern besser als deren Opfer. Warum müssen die einen leiden, während die anderen ihr glückliches Leben gar nicht recht zu schätzen wissen?

Er durchbohrte sein Gegenüber mit festem Blick. Warum rannte der nicht weg? Warum schrie er nicht um Hilfe? Er sah doch das Messer in seiner Hand. Er musste doch wissen, dass das nichts Gutes bedeutete. Aber der andere tat keinen Mucks. Stand wie starr da. Und sie musterten sich gegenseitig. Ob er ihn wohl auch erkannt hatte? Eigentlich unmöglich, oder? Er konnte ja nicht einmal wissen, dass er diesen feigen Angriff überlebt hatte. Konnte nicht wissen, wie er jetzt aussah, dass er dieser junge Soldat von damals war, aus den eigenen Reihen, den der andere bestohlen und so schwer verletzt hatte und der nun hier mit dem Messer stand, oder?

Über so viele Jahre hatte er sich diese Situation ausgemalt. Er hatte gewusst, dass er diesen Augenblick genießen würde, er hatte sich an der Vorstellung der Angst geweidet, die der andere, wehrlos überrumpelt, empfinden würde, Aber nun stellte er ganz andere Gefühle bei sich fest. Der Hass, der ihn all seine Lebensjahre zuvor vorangetrieben hatte, er war auf einmal verflogen. Sie blickten einander in die Augen – und er erkannte, was er vorher nie bedacht hatte: Der andere hatte auch die Situation von damals nicht unbeschadet überstanden. Körperlich schon, ja.

Aber in den Augen des Mannes entdeckte er unendliche Schuld. Er wusste, was er damals getan hatte, wusste es genau. Und empfand Schuld, tiefe, aufrichtige Schuld. Konnte das sein – irrte er sich auch nicht?

Nein, dieser Blick des anderen ließ keinen Irrtum zu: Hilflos, voll Reue schaute er ihm in die Augen. Er bat nicht um Vergebung – sondern akzeptierte scheinbar die Vergeltung.

Vielleicht war dieser Mensch nicht sein Feind – keine Bestie – kein Monster. Vielleicht war er auch nur das Opfer höhere Mächte gewesen, Opfer eines Krieges, der in den Menschen das unmen- schlichste an den Tag gebracht hatte.

Das Messer in seiner Faust fiel zu Boden. Stattdessen reichte er ihm die Hand. Der andere nahm sie – unaussprechlich dankbar!

Dann gingen sie davon, jeder in sein eigenes Leben zurück.

Die Bürde der Freiheit

Hoch in den Bergen von Bakersrock, wo die Sonne mit scheinbar doppelter Helligkeit vom Himmel strahlt und nur das Schöne dieser Welt zeigt, und wo im Winter der Schnee so dick und so weiß fällt, dass er den ganzen Schmutz der Erde unter sich begräbt, dort wurde ich geboren.

Mein Leben und das meiner Familie verlief in geregelten Bahnen und es schien von uns selbst unbeeinflussbar zu sein. Mein Vater, Besitzer einer kleinen, aber doch recht ertragreichen Farm, hatte sie einst von seinem Vater übernommen und würde sie mit der gleichen Selbstverständlichkeit dermaleinst an mich, seinem ältesten männlichen Spross der Familie weitergeben. Und ich hatte auch nicht wirklich etwas dagegen. Ich war gern draußen in der Natur, arbeitete gern schon möglichst ganz früh, in der Morgensonne, wenn sie mit ihren ersten Strahlen die Bergkämme kitzelt und den frisch gefallenen Tau wie Millionen kleiner Diamanten funkeln lässt. Und ich liebte unsere reine, klare Luft, die so wohltuend auf der Haut prickelte, wie teuerster Champagner. Man fühlte hier oben in den Bergen mit einer so elementaren Deutlichkeit, wie sehr der eigene

Körper lebte, fühlte sich, einem Titanen gleich, ganz und gar als Teil dieser unfassbar wunderbaren Natur. Manchmal, wenn mich diese Gefühle nahezu überwältigten, meinte ich allem und jedem überlegen zu sein, sogar meinem eigenen Schatten.

Doch trotz all diesem Glück, dass ich an diesem, meinem Stück Heimat empfand, machte ich den Fehler, diese sichere Geborgenheit zu verlassen. Mir schien mein Leben nur allzu vorprogrammiert, so, als hätte ich selbst keinerlei Einfluss mehr darauf. Ich wollte, bevor ich mit der Verantwortung für unsere Farm an der Reihe war, wenigstens einmal ein anderes Leben, das Leben in der Stadt im Tal, kennenlernen. Es war sicherlich die Neugierde nach dem Unbekannten, dem Geheimnisvollen, und erkundend lief ich durch die schmalen Gassen der Stadt hier unten. Ich betrachtete interessiert die kleinen Geschäfte und schlenderte von einer Bar zur anderen, um diese so schnell vergehenden Augenblicke der Freiheit voll auszukosten.

Ich sah junge, sehr schöne Mädchen, leicht gekleidet, nicht, wie bei uns oben nötig, in dicke Wollsachen oder strapazierfähige Arbeitskleidung gehüllt. Hier schminkten sich die Mädchen, hatten seidene Blusen, die viel ihrer weiblichen Schönheit erahnen ließen. In den Bars wurde getanzt, nach fremden Melodien. Ich kannte nur fromme Lieder aus unserer Kirche, die lediglich von einem beinahe ebenso frommen Harmonium begleitet wurden. Diese Musik hier war alles andere als fromm, das Gegenteil schien eher zuzutreffen: Der Teufel selbst hätte sie nicht wilder spielen können.

„Hey, du, willst' nen Whisky mit mir trinken?"

Ein Mann mittleren Alters war zu mir an die Theke getreten. Er machte auf mich einen etwas unsympathischen Eindruck, aber das lag wohl nur an seinem ernsten, etwas sehr verbissenem Gesichtsausdruck. Seine scharfen, genau beobachtenden Augen wurden von den dichten, schwarzen Brauen beinahe vollkommen verdeckt. Sein spärliches Haar fiel ihm in strähnigen Locken in die Breite Stirn auf seiner Oberlippe prangte ein prachtvoller Schnauzbart, der so breit war, dass er in die langen, gelockten Koteletten überging.

Da ich so in sein Äußeres vertieft war, vergaß ich ihm zu antworten, und er betrachtete mein Schweigen als Aufforderung, sich zu mir zu setzen.

Mit einer barschen Bewegung winkte er dem Barkeeper, der sogleich mit einer beinahe noch vollen Flasche Whiskey zu uns trat.

„Hierher stellen! Eingießen nicht! Machen wir!"

Mir fiel auf, dass mein Gegenüber keinen großen Wert auf vollständige Sätze zu legen schien, doch machte er keineswegs einen ungebildeten Eindruck.

„Bist nicht von hier?"

„Nein, ich komme von den Bergen da oben", und ich wies mit dem Kopf in die Richtung meines Heimatortes.

„Ist nichts für einen Mann! Must hierbleiben!"

Was für eine Unverfrorenheit dieses Typen. Er kannte mich gerade mal drei Minuten und meinte mich zu kennen – meinte, mir Ratschläge geben zu können. Außerdem, was wusste der schon von meinem Heimatort.

Ich fing an, ihm von meinem Zuhause in den Bergen vorzuschwärmen. Irgendwie hatte ich dabei das Gefühl, ich müsse es verteidigen – doch gegen was, und warum? Ich erzählte ihm von den Sonnenaufgängen und -den Sonnenuntergängen, von der wunderbar frischen Luft, von dem Frieden, in dem wir mit der Natur lebten. Doch irgendwie hörte er gar nicht zu. Als ich mit meinem Vortrag – das war es ja wohl – geendet hatte, sagte er mit nachdenklicher Miene, die Stirn in tiefe Falten gelegt:

„Hab was für dich! Wirst ,ne Menge Geld machen! Überleg es dir. Ich warte, auch länger!"

Und nachdem er seine Visitenkarte und einen großen Geldschein zum Begleichen der Rechnung auf den Tisch geworfen hatte, ging er davon.

Ich sah ihm mehr als verwundert hinterher. Der war ja komisch oder auch nicht ganz dicht oder beides. Ich nahm mir fest vor, dieses merkwürdige Gespräch schnellstens zu vergessen, aber aus irgendeinem Grund – keine Ahnung warum – nahm ich seine Karte mit.

Ich kam sehr, sehr spät Heim und wurde ganz ungeduldig von meinem Vater erwartet. Die Arbeit hatte sich in der Zeit meiner Abwesenheit nicht von alleine erledigt, außerdem war er in Sorge gewesen, um meinetwillen – so spät nachts mit dem alten Auto unterwegs auf Straßen, die ich bislang nie allein gefahren war.

Die nächsten Tage verliefen wie gewohnt – dennoch war nicht alles wie vorher. Zum ersten Mal in meinem Leben stellte ich meine Arbeit hier oben in Frage. Fragte mich, ob das Leben für mich nicht doch mehr zu bieten hat als vor oder zumindest mit den Hühnern aufzustehen und spätabends, lange nach den Hühnern, todmüde ins Bett zu fallen. War ich tatsächlich nur dazu geboren, hier oben tagein tagaus dieser körperlich schweren Arbeit nachzugehen, die ich mir doch selbst nicht erwählt hatte und die mich tausend anderer Lebensmöglichkeiten bestahl.

Ich ertappte mich immer wieder dabei, wie meine Gedanken zur Stadt im Tal zurückkehrten, ertappte mich dabei, wie ich mir ausmalte, welche Möglichkeiten sich mir dort boten: Ich könnte dort so viele interessante Menschen kennenlernen, könnte mich weiterbilden, könnte Spaß haben, mit Frauen! Und vor allem: Ich könnte frei sein! Könnte ganz frei meine eigenen Entscheidungen treffen, bräuchte keine Rücksicht auf irgendwelche Traditionen zu nehmen, auf die alles abtötenden Worte: ‚Das war schon immer so, das machen wir darum weiter so, daran wird sich nichts ändern!'

Bald merkte ich, dass diese Gedanken mich unzufrieden machten. Auch lief mir die Arbeit nicht mehr so leicht von der Hand. Und glückliche Stunden beim Sonnenaufgang erlebte ich auch nicht mehr.

Warum dachte ich überhaupt über ein Leben im Tal nach? Ich konnte doch meine Familie nicht verlassen! Sie war auf mich angewiesen! Meine Eltern hatten mich in Liebe großgezogen, hatten mir eine unbeschwerte Kindheit gegeben. Konnte ich ihre Arbeit an mir nun mit meinem Fortgehen danken?

„Wie sieht es aus, Junge? Hast du heute so gar keine Lust zu arbeiten? Du stehst schon minutenlang da und stierst in die Gegend!"

Errötend sah ich auf und erblickte meinen Vater. Groß und stark stand er vor mir. Sein beinahe schon zur Gänze ergrautes Haar verdeckte spärlich seine von vielen Sorgen und Mühen entstandenen Falten auf der hohen Stirn. Seine Haut war von Wind und Wetter tief gebräunt, aber auch schon vorzeitig gealtert, und die Farbe seiner Augen war so unergründlich, gleichzeitig auch so gütig wie der ganze Mensch.

„Vater, ich möchte mit dir reden! Jetzt gleich. Ich hoffe, wir müssen uns nicht streiten! Ich hoffe, du verstehst mich! Ich liebe dich – ich liebe Mutter und meine Geschwister, das weißt du! Aber ich glaube, ich muss herausfinden, ob ich im Tal – in der Stadt dort, nicht glücklicher werden kann. Vater, ich möchte wieder hinunter – für immer! Glaube ich!"

Doch mein Vater verstand mich nicht! Traurig und verständnislos schüttelte er seinen Kopf. Abends, beim gemeinsamen Essen, fielen sie dann alle über mich her. Ihre ungerechten Vorwürfe trafen mich schwer, ihre apodiktischen Urteile über ein anderes Leben außerhalb unserer Farm noch mehr. Wenn sie mit mir ernsthaft das ‚Für und Wider' besprochen hätten, wenn sie mit mir objektiv diskutiert hätten – vielleicht hätte ich meinen Entschluss dann nicht gefasst. So aber ließen sie mir eigentlich gar keine Wahl als meine Sachen zu packen und fortzugehen. Ich wusste, dass ihr Urteil über mich feststand. Ich wusste, dass sie den Stab über mich brechen würden. Aber mein Leben gehörte mir! Ich hoffte, dass ich den Mut finden würde, herauszufinden, was dieses, mein Leben mit mir vorhatte. Ich wollte es auf jeden Fall versuchen. Ich wusste, ich hielt den Griff der Tür, auf der ‚Freiheit' stand, in der Hand. Aber konnte ich wirklich frei sein, wenn ich durch sie in mein neues Leben trat? Die verständnislosen und traurigen Augen meines Vaters, die leisen Vorwürfe meiner Mutter, die Beschimpfungen meiner Brüder, das Weinen meiner Schwester – würde all das mich doch auf ewig festhalten – binden? Würde ich zwar von dort nun weg sein – aber hier niemals wirklich ankommen können? Es würde auf jeden Fall ein mühevoller, ein steiniger Weg werden, aber es würde mein Weg sein. Und das war es doch, was ich wollte?! Oder nicht?

Der alte Herr und sein Ideal

Er war ein seltsamer Kauz, der alte, sehr asketisch wirkende Herr mit seinem schulterlangen grauen Haar und dem schlohweißen Schnurbart. Seine runde Nickelbrille saß ihm auf der äußersten Nasenspitze, so dass seine hellen, klaren Augen niemals durch die Gläser, sondern immer über den Brillenrand hinausschauten. Er trug stets einen großen, dunklen Hut, der an der Krempe abgestoßen war und, genau wie der alte Herr, schon bessere Zeiten gesehen hatte.

Was der alte Herr von Beruf war oder womit er sein Geld verdiente, das wusste keiner der Bewohner unseres kleinen Dorfes so recht. Er war im Sommer in unser kleines, aber gut geführtes Gasthaus eingezogen und hatte sich seitdem niemals der Theke und damit dem Dorftratsch genähert. Tag für Tag sah man ihn auf langen und ausgedehnten Spaziergängen, freundlichst nickend, wenn jemand ihm unterwegs begegnete. So waren der Sommer und auch der Herbst vergangen und auch der Winter, der mit klirrender Kälte und kernigem Pulverschnee ins Land gezogen war, machte nun ersten vorsichtigen Schneeglöckchen und einigen wenigen Krokussen Platz, Boten des nahen Frühlings, und er, der alte weißhaarige Herr mit seinem steifen, äußerst aufrechten Gang und dem dunklen Hut war immer noch da. Er zahlte wöchentlich für Kost und Logis – sicherlich hatte er einen Sonderpreis erhalten, gönnte sich sonst aber keine Extravaganzen, keinerlei Luxus. Seine Tage glichen einander wie ein Ei dem anderen.

Eine Zeit lang war er das Tagesgespräch in unserem Dorf gewesen. Einige hielten ihn für stumm, die anderen für verrückt, denn keiner hatte ihn auch nur eine Silbe sprechen hören, außer dem Gastwirt, aber der sagte eh immer viel zu viel und nicht immer traf alles davon auch zu.

Jeden Abend saß der alte Herr in der großen Wirtsstube, die zumindest zur späteren Stunde ein allgemeiner Treffpunkt für Junge und Alte aus unserem Dorf war, und verzehrte einen Teller voller Bratkartoffeln mit Ei und Salat, nie etwas anderes.

Spätestens nach dem zweiten Glas Bier fingen die anderen lauthals zu diskutieren an, über die Welt und die Politik im Allgemeinen und im Besonderen. Er jedoch verabschiedete sich jeden Abend um Punkt zehn Uhr mit einem knappen Nicken und einem wohlwollenden Lächeln in unsere Richtung – ohne auch nur ein einziges Mal in die oft recht interessanten und lebhaften Gespräche eingegriffen zu haben.

Gestern Abend aber geschah etwas ausgesprochen Denkwürdiges, das mich dazu veranlasst hat, diese Geschichte niederzuschreiben:

Am Stammtisch in der Wirtsstube war neben den gewohnten Tischgästen, Bürgermeister Schulz, die beiden Studienräte Graef und Richter, unser Hausarzt Dr. Wagner, der an diesem Abend seinen jungen Kollegen, Herrn Dr. Nagel in die Runde eingeführt hatte, Herr Neumann, Besitzer eines beachtlichen Bauunternehmens und meiner Wenigkeit ein Gespräch in Gang gekommen, dass sich um Veränderungen drehte, auch und vor allem um politische Veränderungen.

„Veränderungen – jederzeit! Aber nur, wenn man die brutale Gewalt aus dem Spiel lassen kann" - ließ sich der junge Assistenzarzt vernehmen. Er musste in den 68ern studiert haben. Das konnte man seinem Äußeren nach unbedingt vermuten.

„Ich verstehe wirklich nicht, warum Sie politische Veränderungen so ausnahmslos bejahen, Herr Kollege? Wissenschaftlich und technisch gesehen, das sehe ich ein, aber politische Basisänderungen? Uns geht es doch gut! Veränderungen brauchen wir da nicht!"

„Ganz meine Meinung", mischte ich mich in das Gespräch ein. „Und außerdem drängt sich einem bei genauerer Überprüfung Ihrer Äußerung die Frage auf: Wie wollen Sie Veränderungen erreichen, ohne dabei Gewalt anzuwenden? Wird bei den politischen Demonstrationen nicht genug geprügelt, Steine und Flaschen geworfen, Gegenstände demoliert? Und glauben Sie wirklich, man könne ganz ohne solche oder ähnliche Ausschreitungen zu Veränderungen kommen?"

„Ja, einfach durch Aufklärung!"

„Meinen Sie Aufklärung der allgemeinen Bevölkerung?" erkundigte sich Herr Neumann.

„Nun, sie setzen den Begriff ‚allgemeine Bevölkerung' doch wohl in Anführungszeichen!" empörte sich Herr Graef.

„Nein, ich glaube, die Anführungszeichen kann man dieses Mal getrost fortlassen", antwortete Herr Nagel für ihn. „Dann kommt man jedenfalls meiner Theorie nahe. Ich meine, dass man alle in einem Staat lebenden Personen, also alle Bürger und natürlich auch die Bürgerinnen, aufklären muss, das heißt, ihnen zuerst ihren Stand, ihre Aufgaben, ihre Rechte und Pflichten im Staat bewusst machen müsste und sie dann auf die Vorzüge eines Staates, der auf der völligen Gleichheit aller basiert, hinweisen sollte."

„Und dann – mein lieber Herr Kollege? Sie glauben doch wohl nicht allen Ernstes, dass man mit dieser Methode auch nur ein Gesetz ändern könnte. Weder die notwendigen zur Änderung der Gleichberechtigung zwischen Mann und Frau, zum Stopp des Waldsterbens durch den sauren Regen, noch den richtigen Umgang mit der Atomenergie, der Aufrüstung, der Ostpolitik. Veränderung durch Aufklärung – Veränderung, weil die Menschen anfangen nachzudenken und dann entsprechend zu ihrem und zu aller Wohl zu handeln – das ist doch Utopie! Vielleicht ließen sich einfache Arbeiter, je nachdem, wie sie es anstellen, von der Idee der ‚Gleichheit aller‘ überzeugen, aber was wollen Sie mit den Großunternehmern machen – pardon, Herr Neumann, nichts für ungut! – Das ist doch einfach lächerlich! Keiner wird jemals freiwillig auf seinen Wohlstand, seinen Luxus verzichten, nicht im Kleinen und erst recht nicht im Großen.“

„Eben“, nahm Herr Richter das Wort auf. „Und gerade, weil man keinen von denen ‚da oben‘ jemals wird umkrempeln können, bin ich der Meinung, dass es vollkommen sinnlos ist den übrigen Menschen einzureden, ‚das Paradies auf Erden‘ wäre möglich und dessen Umsetzung hänge allein von ihnen ab!“

„Aber lieber Herr Richter, das ist doch ....“ Unterbrach ihn Dr. Nagel.

„Momentchen, ich glaube ich weiß, was er damit sagen will“, mischte ich mich wieder in die Diskussion ein. „Gerade weil man weiß, dass es die uneingeschränkte Gleichheit aller, die zwar auf dem Papier besteht, in der Praxis niemals wird umsetzen können, weil es immer ein ‚Oben‘ und ein ‚Unten‘, Herrscher und Beherrschte geben wird, sollte man vielleicht gar nicht erst versuchen, es den Menschen schmackhaft zu machen. Das Einzige, was man dann nämlich erreicht, ist die Unzufriedenheit derer, die sich als ‚unten‘ begreifen müssen. Und meiner Meinung nach hat niemand ein Recht, einen anderen Menschen unzufrieden und unglücklich zu machen!“

„Vielen Dank, Andreas! Genau das habe ich gemeint!“

Aber Moment – unsere Geschichte hat doch bewiesen, dass man mit allgemeiner Aufklärung sehr wohl etwas erreichen kann. Nehmen wir doch nur einmal die Russische Revolution als Beispiel. Man klärte damals das Proletariat und die Bauern auf und konnte dann aufgrund ihres Zusammenschlusses den Zaren stürzen und so dem Fortschritt, in diesem Fall dem Sozialismus,

Platz machen!" – verteidigte Dr. Nagel seine Theorie.

„Sozialismus? Meinen Sie tatsächlich Sozialismus? Lächerlich! Skandalös lächerlich! Was zum Teufel hat man damals nach der Revolution erreicht. Tausende von Menschen mussten vor der Gewalt und vor allem vor dem Hunger aufs Land flüchten, wie Tiere wurden sie zusammengepfercht, in großen Waggons waren sie Tag und Nacht unterwegs, durstend, frierend, sterbend. Mehr als 5 Millionen Hungertote in einem Winter – aber die Anführer der Partei lebten schon wenige Wochen nach der Beseitigung des Zaren in Saus und Braus! Sozialismus – einfach lächerlich!" – Herr Richter hatte sich so ereifert, dass sein Gesicht dunkelrot angelaufen war.

„Es ist doch ganz natürlich" sagte ich. „Solange es Menschen gibt, sind sie darauf bedacht, für sich den größten Fisch an Land zu ziehen. Daran kann keiner etwas ändern! Kein Marx oder Engels, kein Jesus oder Papst." – Das hätte ich sicherlich nicht gesagt, wenn Pastor Wieland an dem Abend dagewesen wäre.

„Wirklich nicht?" – ertönte es auf einmal überraschend vorwurfsvoll aus der hinteren Ecke und wir drehten alle erstaunt unsere Köpfe, um zu schauen, wer sich in unsere hitzige und total verkopfte Diskussion eingemischt hatte. Da sahen wir den alten fremden Herrn aufrecht vor seinem Stuhl stehen.

„Warum, junger Mann, meinen Sie, dass es absolute Gleichheit niemals geben kann?" und er blickte mir ganz ruhig in die Augen.

„Nun, man hat es doch oft genug versucht! Sämtliche Revolutionen wurden mit diesem Vorsatz begonnen, nehmen Sie die französische. Wo hat sie geendet? Auf den Schlachtfeldern Europas! Gute Vorsätze halten doch stets nur vom ersten auf den zweiten Januar – danach werden sie wieder verworfen und man treibt es ärger als zuvor. Solange es Menschen gibt, werden sie versuchen zu herrschen, und herrschen bedeutet, andere zu beherrschen!"

„Ja – aber warum?" Er trat mit festem Schritt auf unseren Tisch zu. „Schauen Sie sich doch bitte einmal dieses Bild hier an!" Er reichte ein kleines, leicht knitteriges und schon ein wenig vergilbtes Bild herum, das er aus seiner Brieftasche gezogen hatte. Es war nicht besonders spektakulär und dennoch: eine merkwürdige Aura umgab dieses Bild. Es strahlte etwas aus, vielleicht so etwas wie Ruhe, Gelassenheit. Ich hatte noch niemals zuvor bei mir eine derartige Reaktion auf ein Bild festgestellt: Vor einem zwar einfachen, dennoch recht großen Haus saßen ein alter Mann und eine alte Frau, umgeben von einer Schar lustig spielender Kinder, die den beiden Alten fröhlich zuzulachen schienen. Obwohl getrennt, verband diese Menschen ein ungemein festes Band von Zuneigung zueinander, Wertschätzung voneinander. Ein wenig entfernt von dem Haus sah man ein junges Paar an einem Auto mit Anhänger stehen. Auf dem Anhänger fanden sich viele Lebensmittel, einige hielten die beiden in ihren Händen und es hatte den Anschein, als versorgten sie die Alten wie die Kinder damit. Das Faszinierende war die Selbstverständlichkeit zwischen jung und alt, zwischen den scheinbar verdienenden Menschen, den sich von ihrem Lebenswerk Ausruhenden und den Kindern. Wie schon gesagt, alle verband ein festes Band friedlichen Miteinanders. „Glauben Sie nicht, dass dieser Zustand erstrebenswert ist?"

„Ohne Zweifel!" ließ sich der Bürgermeister vernehmen. „Doch wie wir leider schon festgestellt haben, scheint so ein Miteinander unter Fremden eher unerreichbar. Wahrscheinlich handelt es sich sowieso um eine Großfamilie im Urlaub."

„Nein, es ist keine Großfamilie. Ich habe dieses Haus schon vor Jahren Menschen unterschied-lichen Alters gegeben, die Kriegsvertriebene waren. Einige konnten sich hocharbeiten und sind inzwischen ausgezogen, andere hatten weniger Glück oder es war ihnen durch ihre Kriegsleiden unmöglich, zu arbeiten. Es ist erstaunlich, wie der Zusammenhalt geblieben ist. Und das Erstaunlichste: Dieses junge Paar, das inzwischen Ihrer aller Definition nach zu denen ‚da oben' gehört, opfert viel für den Rest ihrer alten Gemeinschaft, nicht nur Geld, sondern vor allem auch ihre Zeit. Und sie verstehen es keineswegs als Opfer, sondern als Geschenk, dass sie empfangen: immer noch ein Teil dieser Gemeinschaft sein zu dürfen. Vielleicht sollte die Revolution, von der sie sprachen, nicht unten, sondern oben beginnen. Vielleicht könnte man ‚die da oben' dazu bringen, herabzusteigen, von ihren hohen Rössern, aus ihren Wolkenkuckucksheimen, von ihren Elfenbeintürmen. Vielleicht könnte man sie überreden, dass sie dadurch, indem sie sich selbst und ihren Reichtum, ihre Macht und ihren Einfluss nicht mehr so wichtig nehmen, sich selbst zu einem glücklicheren, zufriedeneren Leben verhelfen könnten?"

„Absolut utopisch – bar jeglicher Realität!" bemerkte Dr. Wagner ironisch.

„Wirklich?" Der alte Herr antwortete offen und ehrlich. „Ist es je versucht worden? Sehnen wir uns nicht alle, gleich ob arm oder reich – jung oder alt – gleich welcher Bildungsstufe, gleich welcher

Religion, gleich welcher Kultur – nach einem freundlichen, friedlichen, gerechten Miteinander? Die Menschheit steht vor großen Problemen in den nächsten Jahrzehnten: Die Endlichkeit unserer Rohstoff Ressourcen und nicht reparable Umweltschäden. Wir müssen zusammengehen – wollen wir diese lösen! Wir müssen Schranken- und Schubladendenken überwinden! Das Sein muss wieder über dem Haben stehen! Auch wenn nach dem letzten Krieg das Haben sich viel zu schnell wieder über das Sein erhob."

„Unser Pfarrer hätte wirklich seine Freude an Ihnen!" warf Herr Richter ein, „schade, dass er heute nicht da ist! Oder sind sie auch so etwas wie ein Pfarrer?"

„Nein!" sagte der alte Herr, „das wäre zu einfach, nicht wahr? Pfarrer und Theologen müssen ja so reden, aber wir anderen, wir müssen so leben!"

Der alte Herr drehte sich um und ging aufrechten Ganges aus dem Raum. Wir anderen saßen eine Weile still da. Sein Bild lag noch immer auf dem Tisch. „Glücklich die Sanftmütigen, denn sie werden das Erdreich besitzen!" sagte ich. Aus meinem Religionsunterricht war ja doch einiges hängen geblieben, dachte ich verwundert.

Die anderen fingen wieder an zu reden, ich hörte nicht mehr zu, es rauschte an mir vorbei. Dieser alte Herr war ohne Zweifel ein wenig verrückt – andererseits war unsere ganze Diskussion verrückt und nur den Gläsern Bier geschuldet, die wir zuvor getrunken hatten. Aber auch wenn er ein wenig verrückt war – griff ich meinen Gedanken wieder auf – hatte er nicht recht? War diese friedliche Koexistenz aller Menschen nicht in Wahrheit der von allen gewünschte und erstrebte Zustand, und wenn nicht von allen, dann von beinahe allen.

Ich stand auf und suchte das Zimmer des alten Herrn auf – ich kannte nicht einmal seinen Namen! Ich wollte noch mehr von ihm hören. Auf mein Klopfen hin öffnete er seine Tür und bat mich herein und Platz zu nehmen. Er setzte sich vollkommen gelöst und entspannt in einen Sessel, voll konzentriert.

„Ich habe Sie erwartet und ich werde Ihnen dieses Interview – es soll doch ein Interview für Ihre Zeitung werden, nicht wahr? – nicht verweigern, auch wenn ich mich in der Öffentlichkeit überhaupt nicht wohl fühle. Darum bitte ich Sie, genau zu überlegen, was und vor allem wieviel Sie schreiben wollen, denn ich weiß wohl, wie lächerlich meine Gedanken in den Ohren vieler klingen!"

„Aber lebt nicht jede Ideologie, jede gute Idee von Publizistik?" entgegnete ich.

„Vielleicht – vielleicht auch nicht. Ich bin kein Theologe, aber besonders faszinierend empfinde ich bis heute die Stellen im Neuen Testament, wo Jesus nach einem vollbrachten Wunder seinen Jüngern Schweigen auferlegt! Er bittet sie jedes Mal, nichts dem Volk zu sagen. Vielleicht, weil er keinen Aufruhr wollte, wahrscheinlicher aber, weil das Volk noch nicht so weit war, zu verstehen, wer und was er war bzw. ist. Und genau das denke ich auch. Ich sagte vorhin, das ‚Sein' müsse wieder vor dem ‚Haben' stehen! Aber ‚das Haben' steht momentan noch an erster Stelle. Und solange die Mehrheit eher von einem Lottogewinn als von einem Leben in Frieden mit Natur, Tier und Mensch träumt, solange ist die Zeit noch nicht reif. Aber diese Zeit wird kommen, junger Mann! Eines Tages werden wir Menschen erkennen, dass wir nur gemeinsam und nicht gegeneinander leben können, dass Zufriedenheit wichtiger ist als Reichtum und Wohlstand, dass wir nur *mit* und nicht gegen die Natur glücklich werden können, und dass wir für den Frieden keine Waffen mehr brauchen. Eines Tages, ja, eines Tages wird die Menschheit reif sein für Frieden, für Freiheit, für wirkliche Gerechtigkeit!"

„Bitte", fragte ich, „wer sind sie und wieso engagieren Sie sich – oder eigentlich engagieren Sie sich auch wiederum nicht, denn Sie sind schon so lange hier und haben nie mit jemandem gesprochen, haben nie die Welt, wie Sie sie sehen, erklärt."

„Ich bin nicht wichtig! Schreiben Sie nicht über mich, denn es geht ja nicht um Personen, nicht sie, sondern die Ideale, die wahrhaftigen Werte, die müssen gewürdigt werden."

„Nun ja, vergessen Sie aber nicht, dass es die Person ist, von der die nötige Autorität ausgeht oder auch nicht, dass andere Menschen sich mit fremden Ideen auseinandersetzen. Verleihen Sie Ihrer Überzeugung Nachdruck, indem Sie für Ihre Überzeugung mit Ihrem Leben, Ihrem Namen, Ihrer Vergangenheit bürgen."

„Nein, das werde ich nicht, tut mir leid. Propheten gelten nichts im eigenen Land! - Ist es nicht so? Und nun entschuldigen Sie mich bitte – ich bin müde, sehr müde!"

Ich verabschiedete mich und verließ nachdenklich sein Zimmer. Zuhause angekommen setzte ich mich gleich an die Schreibmaschine, um möglichst das Gehörte so korrekt wie möglich niederzuschreiben, ohne dem Schlaf die Möglichkeit des Vergessens zu geben.

Am nächsten Morgen führte mich der erste Weg, noch vor meinem Morgenkaffee, ins Gasthaus. Vielleicht könnte ich mit dem alten Herrn frühstücken und vor allem wollte ich ihn bitten, meinen Artikel noch bevor er in den Druck ging, zu lesen. Doch als ich nach ihm fragte, sagte mir der Wirt, er sei in aller Frühe abgereist. Eine Nachricht für mich hatte er allerdings hinterlassen:

Lieber junger Freund,

Es tut mir leid, Sie mit so vielen Fragen zurückzulassen. Ich war die längste Zeit meines Lebens ein Mann des Habens, Geld war wichtiger als Freundschaft, Erfolg entscheidender als Familie, Macht wichtiger als Glück. Dass ich mich geändert habe, Ruhe und Glück gewinnen konnte, liegt an den Menschen auf dem Bild, dass ich Ihnen zeigte. Sie haben mich gelehrt, dass das Leben mehr ist als Zahlen auf einem Bankkonto. Durch sie, die nach dem Krieg nichts mehr hatten als ihre Kleider am Leib und dennoch so voll Glück waren, weil sie leben durften, habe ich auch mein Leben neu gelernt. Ich habe all meine Habe Armen beziehungsweise Hilfsorganisationen gegeben und dadurch gelernt, dass Geben seliger ist als Nehmen. Obwohl ich nie kirchlich war, nie wirklich religiös, würde ich mich als Jünger des einen, wahren Menschen bezeichnen, der sich für die Wahrheit geopfert hat. Für die Revolution, die damals mit ihm von ‚oben herab' begann!

Aber genau das macht sich schlecht in der Öffentlichkeit, nicht wahr?

Leben Sie wohl, lieber Freund! Leben Sie! Echt und wahrhaftig!

Ich steckte seinen Brief in meine Brieftasche und seitdem trage ich ihn bei mir.

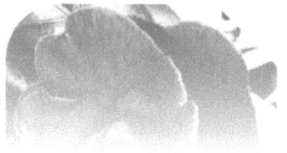